U0554345

有你每天都治愈

【德】埃莉·H. 拉丁格——著
阳光尧——译

Abschied vom geliebten Hund

人民文学出版社

著作权合同登记号 图字 01-2024-0670

Copyright 2022 by Ludwig Verlag, München,
in der Penguin Random House Verlagsgruppe GmbH,
Neumarkter Straße 28, 81673 München

图书在版编目（CIP）数据

有你每天都治愈 /（德）埃莉 · H. 拉丁格著 ；阳光尧译 . — 北京 ：人民文学出版社，2024
ISBN 978-7-02-018704-1

Ⅰ . ①有… Ⅱ . ①埃… ②阳… Ⅲ . ①散文集－德国－现代 Ⅳ . ① I516.65

中国国家版本馆 CIP 数据核字 (2024) 第 111503 号

责任编辑 付如初
装帧设计 李思安
责任印制 苏文强

出版发行 人民文学出版社
社　　址 北京市朝内大街166号
邮政编码 100705

印　　刷 三河市宏盛印务有限公司
经　　销 全国新华书店等

字　　数 139千字
开　　本 880毫米×1230毫米 1/32
印　　张 7 插页6
版　　次 2024年8月北京第1版
印　　次 2024年8月第1次印刷

书　　号 978-7-02-018704-1
定　　价 43.00元

如有印装质量问题，请与本社图书销售中心调换。电话：010-65233595

目　录

❀ 第二部分　新的开始

❀ 附录

查理·布朗:“总有一天,我们都会死的,史努比!”

史努比:“说得没错,但在那之前,我们可一直都还活着呢。”

——查尔斯·M.舒尔茨

前　言

我写过一本书，叫《老狗的智慧》（*Die Weisheit alter Hunde*），里面记录了我与希拉和其他一些老狗狗的生活点滴。那本书出版20个月后，希拉去世了。

最后的几个月，希拉的健康每况愈下。我不得不面对残酷的现实 —— 我们在一起的时间所剩不多了。那两年的时光堪称上天对我的恩赐。每当我意识到希拉的衰弱，痛苦总会难以抑制地涌上心头。但大部分时候，这段时光都充盈着欢乐，因为我加倍用心享受我与希拉相处的每分每秒。

希拉的死让我痛彻心扉。我也想过要不要养一只新的狗狗，让生活翻开新一页。对我来说，这一切都是极其深刻的人生体验。只有直面死亡，这些感受才会如此深切。

一开始，您正在阅读的这本书纯粹是我为自己而写的。希拉死后，我陷入了深深的抑郁之中，写作可以帮助我整理杂乱如麻的思绪。我在社交媒体上发布了希拉的死讯之后，收到了数百封电子邮件、信件和明信片，大家纷纷向我表达同情和安慰。世界各地的许多人向我讲述了自己高龄、患病或者已经逝去的爱宠的故事，以及他们深深的痛苦、担忧、绝望、孤独和无助 —— 身边的人往往不理解我们对于猫咪和狗狗的悲伤与哀悼之情。

是我们对动物的爱与共情，以及我们彼此之间的同情心将大家联结在了一起。我们每一个人总会以这样那样的方式体会到失去和悲痛。许多人安慰我，对希拉和它的一生致以敬意。这让我想到，从许多方面看来，这份深重的哀伤也是对于生命、陪伴和爱的终极致敬。

几乎我认识的每一个人都曾经历过失去爱宠的哀伤 —— 与我们共同生活的生灵永远地离开了，这份难以填补的空虚注定会长久存在。而往往在爱宠逝去之前很长一段时间，高龄或重病就已经预示了最终的离别，于是这份哀伤早早就开始酝酿。

为动物而伤心的人绝不是“傻”。对于大多数人来说，自己的宠物绝不“只是一只狗”或者“只是一只猫”而已，而是往往已经成为生命中不可分割的一部分，与自己建立了饱含爱意的情感纽带。这纽带在复杂而残酷的世界上有着举足轻重的意义。

千万不要低估情感的力量，以及失去爱宠之痛对心灵造成的创伤。有时候，你可能会像变了个人一样。即使经过几个月甚至几年的时间，你看到爱宠的同类，依然可能会潸然泪下。你可能会与多年好友甚至婚姻伴侣断绝关系，因为他们不能理解你的伤痛。你可能会突然决定动身周游世界，或者卖掉自己的房子，迁居林间小屋。我自己就有过类似的表现。局外人可能会觉得这些行为不可理喻，但这其实是我们对痛苦的正常反应，也是哀伤的外在表现。

当我们深爱的人逝去，我们也会同时失去自我的一部分。身边的世界还会照常运转，但我们可能会身陷绝望，步履维艰。

总有一天，我们的生活会恢复正常的。但有时候，我们听到的声音、看到的景象、闻到的气味、周年纪念日、海滨度假的体验会突然唤起尘封的记忆，让我们痛苦地意识到这根深深扎在心头的刺还在隐隐作痛。有时候，前一天我们还好好的，第二天我们又会再次深陷绝望的泥潭难以自拔。

在我们与爱宠共度的时光里，我们不仅会与它们产生深切的情感，也会从始至终见证它们完整却短暂的一生 —— 爱宠的死亡总是无法回避的、触及灵魂的沉重话题。它所造成的影响取决于我们的生活状态、与爱宠之间感情的深刻程度，以及我们的年龄。对我而言，随着人生的终点逐渐临近，爱宠死亡的意义也在不断变化。

我们每经历一次挚爱的逝去，内心深处就会多一分悲伤。我们永远不会忘记爱宠，但我们会摸索着学会怎样在失去爱宠的陪伴之后继续生活下去。请相信，爱宠的离去并不一定意味着终点和句号。它也可能意味着新的开始、新的体验、新的生活篇章。

为了记述这一切，我决定把这本原是为自己而写的书献给经历了爱宠逝去、与我分享哀伤思绪的朋友们，也献给有着相似境遇的你。我想通过这本书告诉您，您并不孤单。我懂得您的感受，也经历了和您一样的痛苦。我想给您带来力量，支持您度过这段艰难的时光，并以自己的经验帮助您更好地照顾临终的爱犬，或者悼念已经离世的猫咪。让我们更加充实地与爱宠共度生命时光，一起哀悼它们的逝去，然后带着对它们的思念继续前行。

在希拉生命的最后几个年头，我很欣慰能够在这段无比珍贵的时光里陪伴在它身旁。我也逐渐意识到了，爱宠最终会给我们留下什么 —— 爱与希望。

这本书，是希拉的遗赠。

第一部分

离 别

用心享受生命时光

2020年6月13日是希拉的十五岁生日。我自己并不怎么过生日，但每次狗狗过生日的时候，我总是会庆祝一番。有时候，我会带狗狗去它们喜欢的地方转一转。我的两只拉布拉多都很喜欢湖泊和大海。有时候，我甚至会为它们办个生日聚会——两条腿的我们喝着咖啡吃着点心，四条腿的它们则尽情享用着狗狗饼干。那是我们和狗狗们共享的欢乐时光。

然而，这次生日我却丝毫没有庆祝的心思，我们待在家里。头天晚上，希拉睡得很不好。等到止疼片起了作用，它才终于睡着了。我一方面松了一口气，但另一方面，日夜照顾一只生病的狗实在令我心力交瘁。清晨，我们共进早餐，分享了一份肝肠酱抹面包。之后，我开车带它去我们最喜欢的草地玩耍。希拉低头嗅着地面，轻快地在草地上奔跑，身姿之矫健出乎我的意料。它的毛在阳光照耀下闪着金光，甚是好看。我们走了半小时，漫步登上一座小丘，然后准备打道回府。希拉沉浸在周围沁人心脾的自然气味中，往后退了几步。突然，我听见身后一阵雷鸣般的声响，仿佛一群野马奔驰而过。我扭头一看，是我的老狗咧嘴笑着，张开飞机耳，在我身边飞跑，转了三个大圈——我想起来了，之前我们在海滩上度假时，这是它最喜欢做的动作。这一切都洋溢着生命的喜悦。看来它的状态有所好转，这让我的心中升起了一缕希望。当时我想，也许剩下的时间还有一年，至少也还有几个星期吧……

那时，我们能够共度的时光还剩两个月。

希拉的十五岁生日，是它完全不受病痛折磨的最后一天。早在一年前，高龄导致的健康问题就已经越来越明显。到现在，它已经接近失聪，视力也变得很差。关节炎和椎关节强硬让它总是昏昏欲睡。有时，它一睡就是一天，然后又变得活力满满，像小狗一样在草坪上撒欢。它仿佛是在积蓄精力，想要跟我好好告别。但也有些时候，它只会在我身边蹒跚地踱上几步，然后就停下来看我一眼，转身想要回到车上。

我不得不正视残酷的事实：我心爱的狗狗即将死去，自欺一切如常并没有意义。“没事的，一切都会好起来的。”不，一切都不会好了。并不是所有事情都有办法补救，有些痛苦并没有解决的良方。现在，一切都要靠我自己了——我要让我们剩下的相处时光更加充实。

我与希拉共度的生活越来越变化无常，难以预测。我们与爱宠的生活是由每天的例行事项编织起来的。喂食、玩耍、一起散步遛弯……即使是在艰难的日子里，这些固定例程也会带给我们坚持下去的力量。然而，就连这些例程也已经开始分崩离析。我逐渐失去的不仅是挚爱的希拉，还有我所熟知的、与它在一起的生活方式。我需要适应。

我学到了很重要的一点：珍惜每一刻我与希拉共度的生命时光。这有助于我将注意力集中到狗狗身上，从而暂时摆脱内心翻涌的思绪。每当我想到将来的事而陷入恐慌，我就会逼着自己关注当下，全心享受每一个与希拉共度的宝贵时刻。我们会花很多时间亲密相处，用心享受生命时光。相处的品质要比相处时间的长短更加重要。

爱宠给予了我们无私的爱，而在它们剩下的时光里，我们可以给它们回馈这份爱。即使是高龄甚至临终的狗狗，我们也有很多事情可以陪它们一起做。

我拟了一张简短的清单，列出了希拉喜欢且身体条件尚能允许的事：悠闲地散步遛弯、在沙发上亲昵搂抱、游泳、去见见（狗狗）朋友。这些事，我还可以跟它一起做。一起远足不可能了，只能去近的地方逛逛。为此，前不久我才买了一辆狗狗小推车。要是希拉走累了，就可以坐上它的专属“皇家马车”，由我推着这位贵妇惬意巡游。

游泳一直是希拉最钟爱的运动。高龄导致希拉患有关节炎，在水中活动一下会让它舒服一些。我与好友各携爱犬在埃德湖畔玩耍时，希拉最喜欢跟好友的平毛巡回猎犬“黛西女士”一起在湖里游泳戏水，然后比比谁的呼噜声更响亮。同时，跟好友聊聊天也有助于我转移注意力、得到片刻放松。

尽管年事已高，希拉依然非常喜欢捡拾东西。它会昂着脑袋、摇着尾巴，自豪地将邮件报刊从信箱叼进屋里。这样的美妙时刻会一直铭刻在我的记忆深处。

我们每天最开心的时候，就是在沙发上抱成一团，让我的呼吸节律与酣睡中的希拉同步，抚摸它柔顺的毛，感受它打呼噜时那轻微的震颤 —— 这会让我感到深入内心的宁静与平和。

后来，希拉离世之后，我时常回想起这些场景，也十分感激上天让我拥有这段宝贵的时光。不过，假如我当初知道，与希拉相处的时间只剩两个月了，我会做出哪些不一样的决定呢？现在想来，我应该不会在三年前去美国旅行、研究那里的狼，而是会全心全意陪伴希拉。但除此之外，也没有什么其他能做的了。要是我极端到每时每刻都跟它黏在一起，寸步不离它左右，恐怕它也会被我烦得不行。

我们常常忙于工作或生活琐事，没能抽出时间陪伴爱犬，与它们一起遛弯玩耍。我们会将它们的耐心视作理所当然。而现在，当你意识到与爱犬共度的时光已所剩不多，你会感到懊悔，想要为它付出更多。然而，过去的事已无法改变，重要的是把握好当下。从现在开始，珍惜与爱犬相处的每分每秒，给它最大的支持和帮助，同时也一定要照顾好自己。只有自己保持坚强、健康，才能全心全意地陪在爱犬身边。你日后会庆幸自己在最后的日子里好好陪伴了它，而这段经历也会让你的人生更加充实。总而言之：用心享受与爱犬共度的生命时光吧。

比如：去冷饮店的时候，不要只顾着打电话、玩手机，而是应当用心品尝手中的冰淇淋，让狗狗舒服地趴在身边，看街上来来往往的人。我喜欢给希拉盛上一小杯香草冰淇淋球，看它闭上眼睛，陶醉地舔食。比如：在家里躺在沙发上放松时，不要再管电子邮件或者烦人的手机消息了——尽情深呼吸，抚摸您的爱犬，让它感受到您深切的爱意。相信我，爱犬离世后，您会很庆幸自己给了它这样特别的关注，而之前觉得自己陪伴不够的内疚也会随之淡化消散。重要的是，在爱犬还活着的时候，我们曾经全心全意地陪在它身边。

现在，我以前所未有的贪婪，用双眼捕捉与希拉相处的每个瞬间。我们会一起遛弯，在喜欢的地方坐下来休息。我们也会相互依偎着躺在草里，让它在我的抚摸下惬意放松。我会时刻带着相机，记录下点滴回忆，以此为我和希拉筑起一座恢宏的城堡，以便日后能再次穿行其中，回溯属于我们的欢乐时光。

我为希拉拍摄了许多照片和视频。后面会说到，其中一段视频成为我做出一项艰难决定的关键依据。从某个时候开始，我便不再随身携带相机了。最后的回忆，我要和希拉一样，用心去体会。

做好准备

养宠物能够极大地充实我们的人生。我们会从爱宠身上学到很多。它们会毫无保留、绝不动摇地对我们倾注爱意，也会让我们获得对自己意想不到的全新认知。

在我们的一生中，可能会有不止一只狗狗或者猫咪成为我们的亲密伴侣。我们会见证它们的一生，直至死亡。它们能够陪伴我们的时间十分有限，这既令人悲痛，也能让我们领悟到宝贵的哲理：一切终有尽时，我们不得不学会放手。这样的心碎之殇经历得越多，我们就越能懂得如何把碎片收拾起来，修补弥合，让我们的心重获新生。

死亡也许是突然降临的意外，也许是相对漫长的过程。这两种情况有没有区别呢？如果狗狗罹患慢性疾病，我们只能眼睁睁地看着它的生命走向尽头，看着自己深切的感情随着爱宠一起慢慢逝去。对我们来说，每一天都是残酷的煎熬。相比之下，如果狗狗是突然死去，我们承受的痛苦会不会少一些呢？

有一次，伊芙琳[①]带她的小梗犬查利去看兽医。她担忧地看着兽医皱着眉头为查利触诊。兽医建议为它做一次X光检查。检查结束后，查利欢快地奔向伊芙琳的怀抱，但兽医却带来了糟糕的消息：在查利体内发现了肿瘤，并且已经发生了转移。这对伊芙琳来说如同晴天霹雳——查利身患癌症，预期寿命“很难说，也许还剩下几个月”。开车回家的路上，伊芙琳只感觉无比空虚。

狗狗生病时，我们的第一反应自然是想要治好它。毕竟，我们要对爱宠负责。我们会精心准备特别的狗粮和药物，也许还

① 本书中人名均为化名。

会让它接受手术治疗。如果连我们自己都无法拯救爱宠的生命，我们还能指望谁呢？这是我们很自然的想法。

伊芙琳十分绝望，这种绝望很快就演变成了愤怒。谁都想不到，她深爱的小狗查利即将因肿瘤而死去。查利活得好好的，凭什么要死呢？她有没有漏掉什么该做而没做的事呢？她是不是应当早点察觉到查利生病了呢？后来，伊芙琳与兽医谈起了这些话题。兽医安慰她说:“从生物学的角度上讲，隐瞒病痛是宠物的天性。您只有像我们兽医一样经过专门的训练，才能察觉到它们的病痛。”

伊芙琳回忆起一个风和日丽的秋日。那天，查利叼着狗绳跑来，想让她带自己出门遛弯。她当时很忙，就不耐烦地应付道:“等会儿再说！”查利只能独自回到睡篮里，眼中充满了难过。伊芙琳始终没有忘记它伤心的模样。如今，面对近在眼前的诀别，无论是感到内疚还是伤心痛苦都很正常。

接下来该怎么办呢？按照我的经验，对宠物的老去和死亡做好充分准备，有助于我们好好面对这一切。如果我们对结局有所预料，就能在告别的过程中找到治愈心灵的力量。

大自然创造了纷繁多样的生灵。它们有一个共同点——身上的细胞会持续不断地更新。但到了某个时候，这种更新就到头了。随着生命走向凋零，无论爱得多深，最终也只能放手。我们需要思考和规划的不只是如何生活，还有如何迎接死亡。

无论您是第一次面对狗狗逝去，还是第十次；无论您要告别的是身边唯一的爱犬，还是几只爱犬之一。即使它还没有临近生命的尽头，您也应当充分准备好面对随时可能到来的变数。您曾陪伴爱犬度过它的幼年和少年时代，而最近几年，随着爱犬逐渐老去，它的需求也与以往有所不同，需要您做出相应调整。换句话说，您与爱犬的生活日常已经发生过显著改变，未来这种改变还会继续。

要想给您年老、患病或临终的爱宠最好的支持与帮助，您首先要充分了解自己的感受，并且要认识到：您现在产生的一切思绪和感触，包括难以承受的心灵冲击，都是完全正常且健康的。没错：正常且健康！

希拉还没有死，我就早已陷入深深的哀伤之中。说起来很矛盾，每当希拉状态良好、惬意安眠的时候，我却总是被汹涌的痛苦和内疚淹没。要是我用更多时间来陪陪它，而不是忙于工作或者所谓“要紧的事”，那该多好啊。我感觉，好像过了大半生，我才终于想明白，什么才是真正重要的。每一次命运的转折都会促使我们思考生命的价值所在。自然，我们每次失去爱宠后都会痛定思痛，决心好好对待下一只宠物。然而，本性难移，我们迟早又会回归以往的行为模式，在轮回中再次陷入这种漫长的哀伤。

当你意识到，能够与爱宠共处的时间已经所剩不多，你可能会感觉到世界轰然崩塌，化作一片混乱。恐惧、伤心和愤怒等一系列极端情绪会轮番袭来，同时伴以深深的无力感。生活会以你从未想象过的方式发生巨变，一切都会与以往大不相同。为了顺利度过这段煎熬的时光，保持坚强、心怀爱意地走出阴霾，你需要充分了解自己在情感上即将遭遇的挑战，以及应当如何应对。我知道，你不想面对这一切，宁愿拖延得越久越好。我自己也一样。但现实终究无法逃避。我不得不接受现实，并尽量做到最好。

我寻遍了每一种可能的医治手段，也得到了许多专业人士的帮助。我的兽医为我和希拉倾注了很多时间和心血。一位犬类理疗师通过按摩、激光针灸术和水下跑步机等手段为希拉延续了生命，更重要的是减轻了痛苦。每次理疗之后，希拉总能身心放松、舒适安眠。这给我带来了几分安慰，让我相信自己正在尽心尽力地帮助它，从而也缓解了我的内疚。

有时候，到了晚上，希拉会喘着气、夹着尾巴在屋子里蹒跚走动。我看在眼里，倍感煎熬。兽医说这属于“强迫运动”，给它开了一些药片。但随着它的病情逐渐恶化，想要找到对症的药和合适的剂量变得愈发困难。希拉越来越频繁地拉肚子，即使在屋里也不例外。我买东西回来的时候，经常能看到一地污秽，以及烦躁不安、闷闷不乐的希拉。我会默默地把一切打扫干净，然后将它搂入怀中，温柔地安慰它。

从那以后，希拉起身和躺卧也变得越来越艰难了。有时，它会以乞求的目光看着我。我知道它想对我说什么。我或许可以让它吃更多药、接受更多治疗，让它的生命再延长几天或几周，但我很清楚，希拉想说的没错——活到现在，对它来说已经足够了。我不想再眼睁睁地看着它受苦了。我无法再为它做什么，它也无法再为我做什么了。这只活泼可爱、充满灵性的生灵理应有尊严地告别这个世界。我终于决定，放手让希拉离开。对现在的它而言，死亡应该是一种解脱。

希拉的一生过得十分精彩，每一天都有深爱它的人类和动物朋友陪伴着它。想到这一点，我就感觉到莫大的安慰。我希望能关注生活美好的一面，关注爱意、忠诚和友情。我会从这些方面永远记住希拉这只特别的狗狗。

我开始为希拉的死做准备。这种悲伤的体验，无论是谁都不愿经历。但我很清楚，为失去希拉做好充分准备，对我自己也有好处。在希拉之前，我曾拥有另一只爱犬蕾蒂，并已在它身上经历过这一切。对我来说，最好的应对办法是抛开所有杂乱的思绪，将注意力完全倾注在爱犬身上。

怎样为爱犬的死做好准备，也许是您最不想考虑的问题。对每一位宠物主人来说，爱宠去世都是极其刻骨铭心的经历。到了爱宠生命的最后一天，您将体会到远超想象的深切悲伤。现在，您应当用心陪伴您忠诚的朋友。它也许会感到痛苦和恐惧，因为它会看到并感受到您的变化。请全心全意地关注爱宠和它的需求。您可能会感到惊讶：与爱宠在一起的时候，您竟然可以如此坚强。

现在，您应当准备好应对悲伤情绪、可能发生的紧急情况，以及放弃医治的艰难决定。这是您能够给予爱宠的最圆满的结局，也能让您重新找回内心的安宁。

关怀自己

我犯了一个错误：我在对希拉的担忧中陷得太深，对自己的要求太过苛刻。这影响到了我的工作。我无法集中精力写作，不得不推迟交稿日期。与此同时，新冠疫情也导致我不能出门与好友见面。我不再运动，饮食也变得不健康。眼看就要失去希拉，我的痛苦难以承受，感觉自己已经到了崩溃边缘。最终，我的家庭医生说，再这样下去，我很快就会疲劳过度、心力交瘁。这对希拉没有好处，对我自己更没有好处。我知道，我必须要照顾好自己，才能有精力维持日常生活、好好陪伴希拉。

我回忆起了自己当空乘的经历。起飞前，我们要介绍氧气面罩的使用方法。直到今天，我依然可以用多种语言流利地播报以下内容："如果发生客舱失压，氧气面罩会自动从您头顶上方脱落。请完全拉下氧气面罩，罩在口鼻处，然后再帮助儿童和其他需要帮助的人。"

"然后"这个词似乎不太起眼，但却性命攸关。

无论是在路上、公司还是家里，遭遇紧急情况时，我们自身的安全永远排在第一位。这绝不是自私自利的表现。急救课程会告诉您，首先要保持冷静、全面了解状况，然后才能帮助他人。这是很简单的基本原则，适用于生活的方方面面。当我们发现爱宠遭受痛苦的时候，更是要牢记这一点，不要任由自己陷入恐慌。

陪伴并支持爱犬固然重要，但我们同样也要照顾好自己。当然，我们现在恨不得24小时寸步不离爱犬身边，因为我们不知道相处的时间还剩下多少，想要抓紧最后的机会。这是很自然的反应。但如果我们任由自己心力交瘁、不吃不睡，对谁都没有好处。现在正是爱犬需要我们的时候，我们只有保持健康，才能好好地照顾它。

同情心并非用之不竭，除非我们有办法补充这种情感资源。长期照料遭受病痛折磨或者即将死去的爱宠可能会导致“同情心疲劳”（compassion fatigue），即“照顾身心遭受巨大痛苦的他人时，照顾者在身体、情感和精神上感到疲惫的现象”①。如果放任不管，同情心疲劳可能会导致心力交瘁甚至抑郁。

① https://de.innerself.com/content/living/finance-and-careers/career-and-success/9909-compassion-fatigue-is-the-cost-some-workers-pay-for-caring-for-others.html，访问时间 2021 年 11 月 20 日。

不能再这样下去了。我必须要好好照顾自己。我为自己安排了一些不去想狗狗的时间，并尽量克服良心上的谴责。按摩可以让我很好地放空自己。读书品茶、与好友约着去喝咖啡，也都是转移注意力的好办法。我努力保持作息规律、睡眠充足，并恢复了运动的习惯。对我来说，最有效的是虔诚的祈祷。

我花了很多时间陪希拉一起读书。我看着它的眼睛，温柔地抚摸它，试着让自己安宁平和、身心放松。

“谢谢！”我对它说，“谢谢你在生命中给我的无私馈赠。谢谢你为我做的一切。谢谢你与我共同度过的生活点滴。谢谢你对我的爱，也谢谢你接受我的爱。”

在这样的时刻，我会感觉与它格外亲近。这种亲近的感觉非常治愈暖心。

我真的能坦然接受希拉死去吗？当然不可能！我对此始终感到极其绝望和愤怒。我不理解，上天怎么能从我身边夺走一只这么好的狗狗？但更重要的是，我想让希拉知道，我以后会一直好好的，让它走得安心。

决　定

在生命中的某个时刻，我们决定要养一只狗。然后我们会和狗狗共同成长，变得亲密无间，心心相依。清晨，我们会一起醒来，共进早餐，然后到草地上遛弯。我们会共同度过一天的时光，然后一起进入梦乡。我们会缔结持续一生的亲密关系——至少我们希望如此。疾病和死亡并不是计划的一部分。

有时候，我们可能会很幸运：狗狗虽然老了，但大体上还算健康，只是行动越来越迟缓。直到一天夜里，它在睡梦中安详地死去，没有任何痛苦。等我们早晨醒来，它依然静静地躺在身边，只是不再呼吸。与此类似，如果狗狗在主人的怀抱里安然逝去，对主人来说同样是莫大的幸运。动物的自然死亡蕴含着某种本真的和谐，甚至可以说是自然之美。如果爱宠自然死亡，我们便无须面临那艰难的决定 —— 要不要通过安乐死为它结束痛苦 —— 也就无须承受犹豫、迟疑和内疚的煎熬。

然而，以上幸运的情况终究只是少数，我们的爱犬往往会在病痛折磨下走向生命的终点。我们将不得不面临那艰难的决定，并且无论结果如何，我们都会感觉自己做出了错误的选择，并因此备受煎熬。我们很难摆脱这样的想法：死亡本应是自然的过程，人不应当插手干预，定夺生死。

是让爱宠自然死亡，还是实施安乐死 —— 这个决定深深触及了伦理道德观念的核心。选择因人而异，但总是无比艰难。我们不仅要面对丧失爱宠之痛，还要面对内心的踟蹰不安，不确定自己的选择是否正确。这个问题只有我们自己能够回答。作为我们的人生伴侣，爱宠用它的一生与我们缔结了深刻的情感关系，而它的逝去同样是这段关系中无可避免的、触及灵魂的一部分。没有人能够逃避这一点。

时　机

我养过的狗狗都比较长寿，生活也都精彩而充实。然而，每次经历狗狗的逝去，我总是会心生内疚。如果再给我一次机会，我有哪些地方可以做得更好呢？我是不是过早地放弃了肉丸，却让蕾蒂①白白受苦太久呢？在希拉的病痛变得无法忍受之前就实施安乐，究竟是不是明智之举？会不会太早了呢？到底存不存在一个“最恰当”的时机？

总有一天，我们将不得不面对这些难题。每个人都怕在错误的时间做出实施安乐的决定，但这终究是个非常关键的决定，需要认真对待。

最重要的是与您信任的兽医谈一谈。兽医每天都会处理宠物的死亡，具备丰富的专业知识和共情心，随时准备着帮助您和爱宠。医者的使命是救死扶伤，所以兽医通常会优先提出挽救爱宠生命的治疗方案。但在您说明情况，他们也认为时机合适的情况下，他们也会与您开诚布公地讨论安乐死事宜。

您需要与兽医谈谈以下问题：狗狗的痛苦很强烈吗？它的生活品质怎么样？还能维持“正常”生活吗？它是否已经无法控制自己的身体机能，甚至丧失了尊严？

最终的决定权依然完全在您手上。根据我迄今为止经历的

---

① 肉丸和蕾蒂都是作者养过的狗狗的名字。——译注。

一切，我认为，安乐死宁早勿迟。我们必须出于对狗狗的爱作出理智的决定，而不能为了逃避自己内心的痛苦而一味拖延。

花　销

是的，尽管难以启齿，但花销终究是个无法回避的话题。我们都知道，当爱宠病重或临终的时候，我们往往很难冷静地思考、理性地权衡计算。

因此，许多人会来到宠物医院，选择昂贵的治疗或药物。因为他们相信，只有这样才能证明自己对爱宠的爱有多深。一位好友告诉我，她在做手术上为爱宠花的钱都可以买一辆车了。对不少宠物主人来说，为爱宠的投入没有上限可言——在他们看来，倾尽所有，正是爱的表现。

在希拉生命的最后一年里，我每个月都会为它花费四五百欧元，用于兽医、理疗、特殊狗粮、药物等开支。我很庆幸自己能够负担得起这一切。但假如我负担不起的话，又该怎么办呢？

说到这一点，我强烈建议您了解一下宠物医疗保险，尤其是手术保险。这类保险可以为您报销必要手术的高昂费用。

在生死关头，金钱问题往往会变得十分沉重。当然，我们会毫不犹豫地为爱犬倾尽最后一分钱，但我们真的愿意用金钱来衡量爱吗？退一步说，爱是能够用金钱来衡量的吗？我与其他宠物主人多次探讨过这个话题。对一些收入较低的退休老人和无家可归的人来说，狗狗是他们唯一的依靠，但他们却往往无力负担狗狗的治疗费用。难道这就意味着他们对狗狗的爱不够深吗？另一方面，我们身边依然有很多人生活在苦难之中，如果不去帮助他们，而是为一只狗投入大量金钱，这真的合适吗？

我建议您在开始养宠物之前就先考虑清楚，您愿意花多少钱来延续或者挽救它的生命。您愿意为透析、化疗、放疗支付多少钱？您愿意为狗狗延长多久的生命？

想要把大屏电视或者汽车卖掉来支付手术费用？当然可以。但是，觉得自己负担不起或者不想负债，同样没有问题。其他任何人都没有资格来告诉您，什么才是对您和爱宠最有利的决定。

但是，无论您做出怎样的决定，都切记不要拖到爱宠生命的最后一刻——那时，爱宠的状况可能会突然恶化，所需的治疗往往非常昂贵，而您在忙乱之中很可能会做出不理智的决定。不知您有没有为自己写过生前预嘱，即说明在临终抢救时要或不要哪种医疗护理的指示文件？您也可以考虑为爱犬或者猫咪写一份。

当然，抚摸着怀里生龙活虎的狗狗，您一定不想去考虑它的死，但未雨绸缪会对您很有帮助。我在蕾蒂活着的时候就认真考虑过它的死亡。对我来说，有一点很重要：我想让它在家中、在我的怀里离去，而不是像之前的肉丸一样死在宠物医院。

内　疚

替爱宠做决定总是令人痛苦，但同时也饱含深情——终结爱宠生命的决定更是如此。我们有责任让身患重病的爱犬在临终之前免于受苦。

替爱宠做决定时，有一点非常重要，但往往很难做到：一定要考虑对爱宠最有利的决定，而不是对我们自己最有利的决定。许多宠物主人为了能够与爱宠多待一会儿而选择了拖延，从而让爱宠承受了更久的病痛折磨，主人也会因此心生愧疚。当然，我们肯定不想轻易放手，与爱宠相处的时光自然是越长越好。狗狗的生命实在是太过短暂了！但是，您还是应当记住一点：相处的品质要比时间长短重要得多。

动物并没有内疚这种情感，只有人类才有。狗狗的大脑不像我们这样复杂，因此狗狗身上也没有许多人类特有的负面品质：嫉妒、恶毒、贪婪、暴戾、不顾环境、铺张浪费。动物需要多少资源就会使用多少资源，该留下的就会留下来。它们并不懂得仇恨和报复，同样也没有过错意识。狗狗不会因为从桌上偷走了牛排，或者因为霸占了主人的床而觉得内疚。它们不会指责自己犯错。贝罗之所以会摆出“我知道自己犯了什么事”的认错眼神，完全是因为我们骂过它，并且它现在感觉自己又要挨骂而已。

狗狗会坦然接受自己的命运。它们不会对残酷的现实感到意外，也不会将自己的麻烦、痛苦或死亡归咎于其他生灵。它们并不会责怪我们没能带来奇迹。它们的思维固然比我们简单，但也要睿智得多。

内疚是一种有害的情感，会破坏掉美好的情愫，在人与动物之间全心全意的关系中不应存在。我们深爱并关心着爱宠，它们也毫无保留地爱着我们。它们会保护我们，陪伴我们，也能触及我们心灵最深处的柔软角落。它们会加入我们的人生，但一切陪伴终有尽时。

内疚感来自我们做出的决定。在让爱犬或者猫咪接受安乐

死这件事上，我们考虑得越多，就越容易感到内疚。该不该再尝试一下新药呢？要不要再动一次手术？再多花点钱？再找其他兽医看一看？或者再等等看？

事实是，没有任何人能告诉我们，我们做的究竟对不对。我们必须自己说服自己。

您应当努力克服内疚，并主动提醒自己：您已经周全地评估了所有已知信息，并充分运用了您的判断力，做出了当下的最佳选择。您有很强的责任心，并已经为爱宠竭尽所能。

当然，这并不能让那最终的决定变得更轻松，但重要的是，不要为此而责备自己。动物并不会责怪怨恨我们，而是相信我们总会以最好的方式对待它们。日复一日，它们总是用爪爪牵着我们的手，教会我们怎样无条件地去爱、怎样活在当下。抛开别的不说，我们最起码可以回报它们的这份爱。

所以，不要再为过去的事而陷入纠结、折磨自己了，而是应当关注您和爱宠互相给予对方的美好点滴。一起散步遛弯、相互的好感、与其他宠物主人的情感联结、共度生活的美妙经历。这些才是爱宠留给您的遗赠，不要让它们被遗憾或内疚掩盖过去。

让我们对自己坦诚一点吧：尽管不愿承认，但在内心深处，我们其实知道，是时候说再见了。

我与许多认识希拉的人交流过安乐死的话题，包括兽医、理疗师和我的好友。但到头来，这生命中最沉重的决定还是要落在我一个人的肩上。拟一张清单，分别列举出让希拉活下去和安乐死的好处和坏处固然有所帮助，但也让我觉得自己十分卑劣，仿佛是在扮演上帝，以自己的意志定夺它的生死。

临走前几天，希拉在遛弯时仿佛恢复了元气，像充满活力的小狗一样奔跑撒欢；然而到了晚上，它又在病痛折磨下瞪大眼睛，在屋里蹒跚走动。每次我内心燃起的希望总会被深深的同情和悲伤浇灭。后来我知道，这种“恢复元气”往往是回光返照的表现，说明死亡已经不远了。这也许是狗狗在最后一次积蓄精力，向我们好好告别。

在希拉生命最后几天的一个晚上，为了最终决定要不要让它接受安乐，我为它拍摄了一段视频——希拉夹着尾巴喘着气，焦躁不安地向我走来，用祈求的眼神看着我。我把这段视频发给了兽医和几个亲密好友，请他们坦诚地说说自己的看法。他们都肯定地认为，是时候说再见了，我的伴侣显然正在受苦。这段视频对我很有帮助。直到今天，每当我再次被内疚折磨，我就会看看这段视频，从而再次确定，自己当初选择的时间点是正确的。

我接受了专家的意见。再也没有谁能让我反悔自己的决定了，甚至连希拉也不能。我感觉它已经准备好了，但没办法确定这一点。我在它身边坐下，抚摸着它柔顺的毛。它看向我时，我也不再试图揣测它目光的含义，而是全心相信我们之间相互信赖、彼此尊重、独一无二的关系。我就是它的家人，从它的小爪爪踏进我的家门——以及心门——的那一刻起，我就承担起了对它的一切责任。

我们与爱宠之间的关系不同于与朋友和家人之间的关系。基于我们与爱宠共同的生活经历，狗狗或者猫咪总是会相信，我们一定会为它们做出最好的决定。

希拉在我的人生中意义非常重大。我们会一起冒险，分享彼此的感情和激情。带它出门遛弯让我喜欢上了亲近自然。希拉拥有拉布拉多犬典型的外向、友好的性格，它让我们遇到的几乎每一个人都倍感温暖。除此之外，希拉还是每天陪伴我、督促我的健身教练，帮助我保持健康体魄——它从来都不会忘记提醒我，是时候出门遛弯啦！

希拉教会了我享受生活的乐趣，以及为何应当关注快乐与幸福，而不要只顾瞎忙。它与我一起玩耍，给我带来欢笑，鼓励我不要把生活看得太严肃。每一天，我都能从它那里获得身体和心灵的亲密接触，享受这份独特且私密的精神愉悦。

无论是宏大的冒险之旅，还是琐碎的生活日常，希拉都会陪我一起经历。它会倾听我心中藏得最深的秘密，除了我俩之外再没有其他人知道。我们还会分享只有我俩能懂的微妙情感。

而现在，终究到了放手的时候了。“坚持到底”并不是爱。狗狗和猫咪加入我们的生活并不是为了来受苦的，也不是为了超出寿命的极限，勉强留在我们身边。每一位兽医都能道出许多悲伤的故事：有的宠物会在痛苦、迷惘和恐惧之下无谓地挣扎数天甚至数月，在窒息边缘艰难地呼吸每一口空气，只因主人无法放手。狗狗与我们的缘分，冥冥之中自有约定——随着我渐渐老去，并一次又一次地经历爱宠、家人和好友辞世，我现在更能接受这一点了。

当我终于下定决心放手让希拉离开，一股汹涌的内疚、哀伤和怅然就立即将我淹没。但我依然决定，将死亡视为希拉的解脱。它终于可以安然离开这个世界了。在我的想象中，希拉跑过沙滩，奔向大海，直到与大海融为一体。

近在眼前的离别让我陷入了深深的悲伤之中。但我突然意识到，我并不孤单。每一个人都曾经历过挚爱的逝去：狗狗、猫咪、马儿；父母、伴侣、好友、兄弟姐妹，甚至孩子。死亡并不是终点，而是新的起点，也是生命的一部分。我们哀悼的，正是我们挚爱的。

我与希拉的生活从始至终都精彩而充实。这段时光，包括希拉的逝去在内，都是上天对我的恩赐。我下定了决心，不要让它的生命变成一首挽歌，而是要赞美它的精彩圆满。我很荣幸能够让希拉有尊严地离开这个世界——这是它应得的仁慈。

最后一天

决心已定，我忍着悲伤，着手为希拉的安乐做最后的安排。这有助于我理清思绪，陪希拉一起，走好这最后一程。

我把希拉即将离开的消息告诉了每一个与它熟识的人。家人和好友纷纷前来与它道别，许多人为此流泪。尽管大家的安慰很难真正减轻我的痛苦，但依然让我感受到了温暖与支持。不过，等到真正执行安乐的时候，我只想和希拉单独待在一起。

我与兽医约定了执行时间：两天之后的早上8点半。我也预约了火葬场，在四小时后的中午12点将希拉的遗体火化。我提前与火葬场工作人员沟通好了流程。我想自己带它来，送它最后一程。

这些也是我在准备过程中就已经考虑清楚的。我要怎么处置希拉的遗体呢？[①] 我养的第一只狗 —— 肉丸 —— 留在了兽医那里。蕾蒂则埋葬在我的花园中。我打算将希拉火化，以便日后如果要搬家的话，我还可以把它带在身边。

我做了功课，查询了哪些宠物火葬场允许我在火化炉边亲历火葬过程。我不想通过摄像头或者隔着玻璃看希拉被火化。整个德国只有两家火葬场允许宠物主人亲眼观看火化，其中一家位于洪堡 / 欧姆市，开车大约40分钟就能到。于是，我把希拉的火化定在了这里。

你可能会觉得我很冷漠，在这深深的痛苦之中，甚至在死亡面前，行事竟然还能如此有条不紊。但为了这一天，我已经认真准备了很长时间，这种充分的准备对我很有帮助。我将放手视为一种仁慈之举，并将现在全心全意的陪伴作为送给希拉的最后的礼物。

如果你感到犹豫，不确定要不要在执行安乐时陪在爱宠身边，我在此恳求你:不要在爱犬生命的最后时刻抛弃它。我知道，对很多人来说，亲眼看着爱宠被执行安乐一定非常痛苦，我也

① 详见附录：殡葬方式。

完全理解你的恐惧。但现在，最重要的不是你自己，而是你的爱宠，一生都在无条件地爱着你、陪伴着你的爱宠。这是你欠它的。我可以保证，你的爱必将战胜对内心痛苦的恐惧。现在，应当把爱宠的需求放在首位，帮助它放松、安心地离开。这也是我们能够送给它的最后的礼物。

希拉，走好

2020年8月25日，是希拉在这世上完整度过的最后一天。那是个风和日丽、温暖惬意的口了，盛夏的炎热终于过去了。希拉爬上了它的狗狗小推车，我们像往常一样出门遛弯。它已经没有多少力气走路了，但依然很喜欢亲近自然。我慢慢地推着它走，用心关注着它和周围的一切，想要将这一天的每一个细节、每一个瞬间全部收进眼底，铭记在心。这是最后的离别。经历过挚爱逝去的人，想必都懂得我此刻的感受。

最近几周，我的生活完全被回忆和感激之情占据。希拉的幼犬时期、它痴迷玩水的样子、我们一起经历的许多次旅行。但我印象最深的还是最近四年，我抛下了一切，只为陪伴年老体衰、病痛缠身的希拉。我想要用心享受与它共度的每一分钟，而这是我一生中最正确的决定。

我突然意识到，等到明天的这个时候，希拉就已经死了。现在，最重要的是把握好当下。有时候，希拉会跳下小推车，蹒跚却高兴地跟在我身边走一段路。生与死，相隔如此之近。我的心中再次升起了希望和迟疑。也许，再把安乐往后推推？但我很清楚，希拉状态糟糕的时候要远远多过现在这种状态不错的时候。它不该在痛苦中离开这个世界。就让今天这美好的日子成为希拉最后的记忆吧。

遛弯回来之后，我关掉了门铃和手机，在那天剩下的时间里全心全意地陪着希拉，爱着希拉。那天的很多细节我都记不清了，只记得我所有的感受都变得前所未有地强烈、深切、触及灵魂。

我最强烈的感受是无尽的感激。与动物一同生活的人都有福气，享受着超越我们理解的、毫无保留的爱意。我们常常会把这视作理所当然。只有当意外来临，我们才会用尽全力抓住生的希望，并意识到我们对它们的爱有多么深切。

我对很多东西都抱有感激之情。最近几个月实在是昏天黑地，我没有多少时间停下来好好感谢希拉对我的爱。眼看着它走向死亡，让我感到无比伤心，几乎难以承受。但我必须为了

它保持坚强 —— 它现在需要我。

2020年8月26日。这一天终于来了。像蕾蒂一样，我也想让希拉在它熟悉的环境中离开这个世界。兽医会来家里帮它实施安乐。这位兽医已经陪伴了希拉很长时间，也成了我的好朋友。

门铃响起的时刻准得可怕。她干吗不迟到一会儿呢？要是遇到堵车，或者车子出点小故障，该多好啊！那样我就还能再拖延一下 —— 但最终，该来的总会来。

希拉正放松地躺在客厅里的毯子上。我早上一直在喂它吃肝肠酱和狗狗饼干，让它想吃多少就吃多少。它认出了兽医，轻轻摇动尾巴。兽医屈膝跪在它身边，温柔地抚摸它，我则将它的头搂进怀中。一切都沉浸在充满爱意、安宁平和的氛围之中。

希拉转过头来看着我。我向它报以微笑，吻了吻它，说道：“谢谢！我爱你。”我感到无比欣慰 —— 在生命的最后时刻，希拉看到的是我的面庞，是它一直以来的心灵指引和精神支柱。

兽医将针头刺入静脉，首先给它注射了安定，随后是麻醉剂，最后是致命的过量药物注射。我深爱的希拉就这样停止了呼吸，我的心也随之而碎。

接下来的两个小时，我像是丢了魂一样。我抱了希拉一会儿，向它的躯壳告别。它的灵魂将永远与我同在。我在一位好友的帮助下把它抬上车，然后驱车前往火葬场。

十五年前，希拉还是一只小小的、白白的拉布拉多幼犬。第一次把它抱在怀里时，我就向它许诺，我会永远与它在一起，直到最后一秒。现在，我兑现了这条诺言。

在火葬场，我用了很长时间跟希拉道别。工作人员非常友善，让我别着急，慢慢来。

之前，在电话中商定流程细节的时候，工作人员告诉我："带上它最喜欢的毯子。"现在，他们用这条毯子包好希拉，放在金属台车上。

那是2020年，正值新冠疫情彻底改变世界的时候。我把口罩拉到下巴下面，在希拉双眼下方吻了一下。它现在已经变得无比冰凉。我最后一次对它诉说，我有多么爱它，并将这一刻深深铭刻在心底。然后，按照防疫规定，我又戴好了口罩。口罩仿佛是我的面甲，不仅能保护我免受病毒侵害，也能 …… 怎么说呢？也能防止我那些无以言喻的痛苦轰然决堤、奔涌而出？我不想放手，只想一直抚摸着希拉，把它留在身边。希拉早已成为我的一部分，即使它的躯壳不复存在，未来也仍将与我不可分割。

我目送台车载着希拉进入火化炉。炉门即将关闭时，我看到希拉身上“呼”地蹿起一股火舌，然后被一大团火球吞没。大可放心，您并不会实际看到爱宠遗体燃烧的样子 —— 您看到的大火只是毛毯的聚酯纤维在燃烧，这有助于让火化更加充分。

此时此刻，尽管伤心至极，我却依然露出了微笑。这是希拉的华丽谢幕。就像是一颗恒星，在生命的尽头爆发出最后的能量，绽放成一颗绚烂耀眼的超新星。尽管恒星本身已不复存在，但其光芒却会增强数百万倍，乃至数十亿倍。在短时间内，其亮度甚至可以比肩整个星系。希拉将永远是我的超新星。亲历它的火化让我得到了深深的感动和治愈。直到今天，每当我仰望夜空，看到满天繁星，我依然会想到这一切。能够始终陪伴在希拉身边，直至见证它绚烂华丽的最终谢幕，对我来说是莫大的安慰。

两小时后，我带着一个简单的木盒子回家了。现在，它正摆在我的书架上，旁边是一幅希拉的照片。我偶尔会从里面取出装着骨灰的塑料袋看一看。那并不是电影里经常见到的纯粹的粉末，而是混杂有很多小块碎骨。总有一天，我们也都会变成这样的。有时，我会用手拈起一些骨灰来。这会让我无比真切地感觉到，希拉就在那里，始终在我身边。等我准备好了，我会让希拉的骨灰回归自然，把它撒在我们喜欢的小路旁，撒在希拉戏水的地方。

希拉离去的那天早上，我醒来的时候，这只温暖、可爱的狗狗还亲昵地陪在我身旁。而晚上入睡时，我怀里抱着的却是装着它骨灰的小木盒。我的狗狗死了。

现在，希拉不在了，但生活还得继续。我的哀伤之旅就此开始。

之后的生活

第二天早上，家里静悄悄的。我已孑然一身。

尽管我为这一天已经准备了很久，而且道理都早已想得非常透彻，但此时此刻，我依然被潮水般涌来的疑问和自责所淹没。假如我早点意识到希拉时日无多，会不会做出些不一样的选择呢？我会不会更多地陪陪它，更多地对它诉说爱意呢？面对这一片寂静和空虚，我要怎样生活下去？我和希拉的灵魂要怎样才能分开？我感到非常真切的心痛，甚至担心只要动作稍大，心就会真的碎掉。

身边的一切都让我想到希拉。坐在电脑前面，我的眼角余光会幻视到它从厨房跑来。12点了！以往，我会在这个时候为它准备吃的。下午6点，晚餐时间到了。几十年来，我的生活日常一直是以狗狗为中心来规划安排的。我很想念跟希拉在一起时的生活节奏。

我在每个地方都会幻视到希拉出现。在花园里——我得记得关好院门，免得希拉跑到街上去。在屋里——我在光滑的地板上铺了几块丑陋的长条地毯，以免腿脚不便的它滑倒。现在，这些地毯上还有许多狗毛闪烁着金光。狗毛早已成为我的居家陈设和服饰穿搭的一部分。我的目光转向了我在美国买的一块牌子，上面写着："狗毛粘得到处都是，才有家的感觉。"我们都知道，宠物会弄脏屋子，需要打扫的时候也会心生抱怨。但如果家里像医院一样一尘不染，连一根猫毛狗毛都没有，也没有踩上去就会吱吱叫的玩具，那又有什么意思呢？

我睡不着觉。痛苦、哀伤、思念和内疚实在太过沉重。我止不住地流泪。

我反复观看为希拉拍摄的最后一段视频。我需要让自己确信，我放手让它离去的时机是正确的。我看到了它气喘吁吁的样子、夹紧的尾巴、瞪大的双眼、恳求的眼神。我希望它原谅我等了这么久才下定决心，让它白白承受了这么久的痛苦。我是不是该早点做决定呢？我深陷纠结之中，想要补偿曾经的错误，痴心渴望得到重新来过的机会。但在死亡面前，无论我们做了什么，没做什么，都已成定局。我们只能接受现实，继续生活下去。

我接着看希拉的其他视频，看它与狗狗同伴一起嬉闹、在埃德湖里游泳戏水、在丹麦的海滩上玩耍撒欢。它是一只幸福的狗狗，我也为它倾尽所能，全心全意地爱着它。

我有好多事想跟它一起做。但现在，我陷入了深深的迷茫，完全不知所措。我看不到未来，反而看到了生命的尽头，感觉到一切终有尽时。我开始寻找生命的意义……这听起来真是老套。

我看到、听到、闻到和感受到的一切，几乎都会让我联想起与希拉在一起的时光。对于这种近乎强迫的回忆，我已经放弃了抵抗。

有时候，睡眠可以暂时抑制我深入骨髓的绝望和哀伤。但等到第二天早上睁开眼睛，我总会意识到，这又是一个没有希拉陪伴的日子，心情也随之再次落入谷底，感觉就像是自己也

已经死掉了一样。对于这份痛苦，我完全无能为力。

接下来的几天里，我总是时不时地看表，妄想着能够把时间倒转回去。我又想起了许多往事。在希拉生命的最后几周里，它特别想要亲近我。以往，它非常喜欢躺在花园里。草长起来了，我却一直不舍得修剪它们，以免破坏了希拉留下的痕迹。

我对身边的一切和每一个人都感到愤懑。我不想打理花园，甚至根本不想要花园了。我想逃离这里，躲得远远的。我想跑到没人认识我的遥远国度，把心中的痛苦大声吼出来。但我在这里还有应尽的义务，而且新冠疫情也不允许我出门旅行。

我对上帝很生气，恨他没给我和希拉更多相处的时间。我也对自己很生气，恨我没能避免希拉死去。我的内心充满怒火，但同时我也知道，这只是哀伤的一种体现形式罢了。

有人说过，我们心中的每一分爱意，都是在纪念逝去的挚爱。但要怎样才能治愈一颗破碎的心呢？

对于这个问题，纽伦堡审判首席检察官本雅明·费伦茨在自传《坦白实情》（*Sag immer Deine Wahrheit*）中给出了精辟的回答："怎样才能治愈一颗破碎的心？还有一个类似的问题：怎样才能实现世界和平？要深入回答这两个问题，恐怕要写出长达十卷的鸿篇巨制；但简短的回答只需要三个字就够了：

慢慢来①。”

2020年秋。没有希拉的日子仿佛白驹过隙。在我眼中，身边的一切都始终笼罩在伤痛之中。我在大自然中寻找宽慰，时常重温跟希拉一起散步遛弯的路线。我想象着希拉奔跑撒欢，然后在前面停下来，高兴地等我赶上它。我很庆幸希拉还留在我的心里，尽管这也令我十分心痛。

有些时候，我却感觉不到这种疼痛，仿佛是麻木了。这种麻木会让我认为，自己对希拉的想念不够深，从而心生内疚。我是不是失去了爱的能力？我真的尽了全力吗？希拉的生命真的充实圆满吗？安乐的决定是不是做得太早了？能不能再靠吃药延缓一下呢？每到这时，那最后一段视频就能派上用场。

我很想跟希拉从头再来一次。还记得它小时候，坐在购物车里，我推着它在建材市场里穿梭，任谁见了它都想摸摸。还记得我小心翼翼地试着教它游泳——真不懂我当时是怎么想的，

---

① 本雅明·费伦茨：《坦白实情：100年的人生教会了我什么》，海涅出版社，慕尼黑，2020年，第154页。

希拉可是一只拉布拉多呀！ 它一到水边就兴奋得不得了，差点把我整个人连同背包和相机一起拖进水里。有时，我会做些不同寻常的事，要是它不喜欢的话，就会生气地叫——比如我第一次让它坐在小挂车里，骑自行车带它出门的时候。我也记得我们在山里和海边的许多次徒步旅行。天哪，我真想再重新过一遍这15年。

希拉会回来吗？ 它会不会转世重生？ 会不会有一只新的狗狗来代替希拉呢？ 上帝啊，请赐给我一颗新的心脏，让我把这颗破碎的心换掉吧！

接下来的日子里，我深陷抑郁，难以自拔。我来到那片熟悉的草地，在我们熟悉的遛弯路线上喊着希拉的名字。它没有出现。我一直在哭，眼泪止不住地流。我的生活失去了意义。我想搬家，逃离这间充满了我们欢乐回忆的屋子，逃离这座城市，逃离我的人生。但我真能这样做吗？ 要是它真的回来了，而我却不在，那该怎么办呢？ 它还能找得到我吗？

我如机器人一般继续生活，机械地按日程安排“走流程”。我无法集中精力工作，感觉自己文思枯竭。我反复看邮箱、漫无目的地上网冲浪，任由自己被干扰因素牵着鼻子走，把书的交稿期限推了又推。

我突发奇想，开始规划搬家，想要搬到北边去，离希拉最喜欢的大海近一点。但我也意识到，现在我悲痛至极、心乱如麻，没法做出理智的决定和长远的生活规划。此外还有一点：无论逃得多远，我都会把痛苦一起带上。一旦选择逃离，我不仅会无法找回希拉，还会让我为生活翻开新一页的幻梦彻底破灭。

徒步、读书、写作 —— 我所做的一切都是为了转移注意力，好让自己不那么痛苦。但事与愿违，我反而越陷越深。我的心碎裂开来，形成深不见底的裂谷。凝望着这内心的黑暗深渊，我甚至产生了往下跳的冲动。我要是掉下去了，谁能接住我呢？如果我再也爬不出来了，该怎么办呢？

有时，这种空虚、无助和孤独感会变得格外强烈，以至于我想放任自己拥抱黑暗，在其中消融殆尽。是的，我想过寻死。在我看来，想要再次见到希拉，死亡似乎是个颇为可行的办法。我不知在哪读到过一句话，一直觉得很有道理："当你伤心到了极点，感觉自己快要窒息的时候，你就能学会如何生存下去 —— 你会意识到，总有一天，当你不再去想这件事了，也就不会伤心了。"

在希拉死后的日子里，我时常遇到各种刺激，让刚刚愈合的心伤再度撕裂。比如，我的好友科琳娜给我寄来一条印着希拉肖像的软毛毯。那张照片是去年拍的，希拉用它睿智的眼神看着我，跟我记忆中的样子一模一样。我拿起毯子，跟希拉对视，然后把脸埋进柔软的毯子里。我心里好不容易筑起的堤坝转瞬决堤。我无助地倒在地上抽泣起来，泪如泉涌。有段时间，这条毯子我始终带在身边，就像小孩无论去哪儿都要带着最喜欢的泰迪熊一样。晚上，我把它铺在床上，就会想起希拉躺在我身边的时候。我可以感受到它的存在，甚至有时候，我的绝望会让位于对生命深深的感激。

表面上，我并不会将内心的痛苦暴露出来。只有少数几个最亲密的挚友能够理解我，我也不打算跟其他人谈论我的哀伤。

痛苦总会在最出乎意料的时刻突然涌现，直击心灵。有一次，我正在长途开车，突然幻视到希拉趴在副驾驶座位前面，就那样看着我。我仿佛肚子上挨了一记重拳。我尽力控制住自己，拐到了林间小路上，然后才任由自己崩溃。我哭着，喊着，呼唤着希拉的名字:“你快回来吧！我不想这样……不！不要！我想重新跟你在一起！快回到我身边吧！”

2020年圣诞节。第一个没有希拉陪伴的圣诞节。灰暗的圣

诞节。残酷的现实告诉我，回到过去是妄想。我感到迷茫无助。雪上加霜的是，新冠疫情也让这个圣诞节与以往大不相同。人们不再欢聚，而是心怀恐惧地居家隔离、减少接触。病毒不断变异，传染性越来越强。这是我十五年来第一个没有希拉陪伴的节日，但我甚至没办法通过社交来转移注意力。我翻开日记本，回味最后一个与它共度的圣诞节。那次，一起过节的只有我们一家人，大家都很轻松。我们把屋子装点一番，关掉手机，跟希拉一起窝在沙发上，看着俗套的美国圣诞电影。两天之后，希拉的病情就恶化了。它开始痛苦地喘气。每隔两天，我都要开车带它去看兽医，直到止痛药终于让它安定下来。当时我就有预感，那也许是我们共度的最后一个圣诞节了。

要是我们能够预知未来，会怎么样呢？我们一年后的生活会是什么样子？我们会换个活法吗？辞掉工作、拥抱彼此，用更多时间陪伴心中挚爱？

我们既不能拿回什么，也不能抓住什么。我们必须学会面对挚爱的逝去，学会承受那难以承受的痛苦。蜷缩进自己的蜗牛壳里没有意义。我们必须学会放手，心怀爱意，继续生活，积极拥抱新的亲密关系，并且每次都要满怀诚意、付出真心。

这个圣诞节我过得很不好。对希拉的思念和悲伤几乎要将我撕裂。我尽量控制自己不要坠入深渊，全心关注跟它共同度过的美好时光。这并不只是为了我自己，更是为了纪念我生命中的那份爱。希拉教会了我，一生当中最重要的，是家人和爱。在这噩梦般的日子里依然坚守内心所爱，为生活赋予尽可能多的幸福快乐：这是纪念我们心中挚爱的最佳办法。

2020年最后一天。我梦到了希拉。它把身子伸展得长长的，躺在客厅的地毯上看着我，放松、快乐、幸福。“一切都会好的。”它摇着尾巴说道。

我自己都还没意识到，希拉就先我一步知道了——我已经进入了下一个阶段。有些东西悄然改变了。我死去的狗狗逐渐变成了我的守护天使，陪伴着我的日常生活，为我照亮前方的路。虽然我依然非常伤心，但我感觉自己得到了庇护，包裹在爱的光芒中，内心充满深深的感激。

新年之夜的焰火再次触发了我的伤痛。去年元旦，我们早早就睡觉了。希拉当时已经失聪，那是它生平第一次在跨年时刻睡着。以往，烟花的巨响和呼啸总是会让它惊恐不安，去年它却像什么都没有听到。那是我们第一次一起在睡梦中跨年，也是最后一次。

2021年春。许多事情是我们无法改变的：日出日落，四季更替，我们挚爱的人和动物终会逝去。我们会绝望地试图阻止这一切发生，但终究只是枉然。

死亡是无法逃避的现实，我们不得不勇敢面对。对于已经发生的事，我们也只能接受。我们当然可以欣然接受美好的、简单的一切，这会让我们高兴。但我们同样要接受死亡，无论这会让我们多么难过。

我真正意义上告别希拉的生活，始于这个春天。春天给我阴郁的内心带来了光明和色彩。树上蹿出了新芽，花园里的雪花莲和郁金香也开了。

我还是觉得自己心里少了些什么。希拉陪伴我实在太久太久。如今它不在身边了，我总是感觉很不真实。

但在悲伤之余，现在我越来越多地体会到一种感激之情，不只是感激我与希拉共度的生活，也感激我能在它离去的时候陪在它身边。

与蕾蒂死后一样，我的脑海中再次浮现出了这样一幅画面——希拉穿过开满鲜花的草地，快乐地向我跑来。这么一想，微笑就挂上了我的嘴角。

哀伤之旅

成年之后，我几乎一直在周游世界 —— 我当过空乘、导游、自然文学作家和探险家。在每一段旅途中，我总是兴致高昂，满怀激情。但希拉死后的这段心灵的哀伤之旅，我却丝毫不愿再经历一遍。

爱犬的逝去会让人陷入狂暴的情感旋涡。此时你最渴望得到的，便是安然度过这一切混乱的攻略秘籍。这样，你就可以按照它的明确指示，一步一步地来，最后一切就能恢复如常。但是很遗憾，这样的哀伤之旅并没有万金油般的攻略可言，也说不准会持续多久。

瑞士裔美国精神科医生伊丽莎白·库伯勒－罗丝博士是死

亡研究领域的先驱之一。她从20世纪60年代开始研究人在经历丧失时的心理活动。她发现，人在哀伤中会经历五个阶段：否认、愤怒、讨价还价、消沉和接受。①

这就是所谓的“哀伤五阶段”。它不仅适用于死亡和疾病，也适用于生活中任何其他形式的负面改变，比如离婚、失业、无家可归等等。很多人以为，人会按顺序依次经历这五个阶段，但其实并非如此。哀伤很难归类，也就无法做出针对性规划。哀伤就像爱一样，对每个人来说都独一无二。如何面对哀伤，完全取决于你当下的情绪。重要的是，你应当了解，在接下来的时间里，自己在心理上可能会经历些什么。但要时刻牢记：这是你自己的哀伤之旅，一切都要靠自己。

在这段历程中，你有时会感受到片刻的安宁与放松，但随即又会被汹涌而来的情绪浪潮所淹没。但你与爱宠特别的感情永远不会改变，它也会永远活在你心中。在海滩上一起遛弯，在雪地里尽情打滚嬉闹，在沙发上抱成一团，以及你与爱宠相互给予的深深爱意，都将成为永远无法忘怀的回忆，深藏在心底。

---

① 详见附录：哀伤五阶段。

你可以把哀伤想象成节庆时的彩纸亮片——捧起一把，抛向空中，任其四下飘散。等到打扫的时候，你永远没办法把每一片都清扫干净。即使事情过去了很久，也总会有一些“哀伤亮片”藏在隐秘的角落。但随着时间的流逝，你对于爱宠逝去的哀伤情绪会逐渐发生改变，也会萌生出一些新的情感。要做好心理准备，哀伤情绪仍然会时不时浮现出来，这很正常。但你也会欣慰地见证自己在这段时间里的改变。我们可以把这段哀伤之旅视为学习之旅、爱意之旅、治愈之旅。

没有了狗狗，我还是我吗？

希拉死后的生活也给了我重重一击。除了无尽的空虚之外，我的生活日常也发生了翻天覆地的改变。

我想念很多东西。希拉还在身边的时候，我不够珍惜与它共度的时光，也没有想到，我身边的一切，以及充实我心灵的一切，会在转瞬之间消失殆尽。就算我已经意识到希拉时日无多的时候，也没有预料到这种改变会如此深刻，没有意识到生活日常的破碎会给我带来如此严重的冲击。

我想念与希拉一起度过的早晨。它会用湿漉漉的鼻子蹭我的脸，用棕色的眼睛深情地看着我醒来。我与它分享早餐。现在，我再也看不到它流着口水叼走最后一块面包了。我想念早上跟它一起遛弯，迎接新的一天；也想念傍晚跟它一起散步，在夜幕降临之前抓住这一天的尾巴。现在，我窝在沙发上看电视的时候，身边少了一只温暖的狗狗，总感觉有点凉飕飕的。晚上，我想念希拉的警觉。一旦有令人不安的动静或者潜在危险，希拉就会立即叫起来。睡不着的时候，我就会摸摸它柔顺的毛，在它均匀的鼾声中沉入梦乡。我想念它看到好吃的就眼睛发直的样子，以及对于游泳戏水的狂热喜爱 —— 它真不愧是只拉布拉多！ 买东西回来的时候，我想念它在家愉快地迎接我的样子。现在，屋里空空荡荡的，我真不愿意回家了。

我想念每天与希拉默契相处的感觉 —— 知道自己正处于亲密关系中，这是我生命中不可缺少的精神需求。我与希拉的联结是独一无二的。我们都能以各自的方式接收对方传递的爱意和能量，合奏出只属于我们的共鸣。唯有经过长久的朝夕相处，才能达到这样的境界。

我最想念的，还是那份心有所属的感觉。一旦心有所属，就旧我难再。希拉和我就是这样。没有了它，我也不再是我了。独自散步的时候，之前见过我的人会问："您的狗狗呢？"我现在不再是“那只金色拉布拉多的主人”或者“希拉太太”了，只是一个眼睛哭得红肿，在林子里漫无目的地溜达的孤独女人而已。失去希拉之后，我不得不重新认识自己。

心乱如麻

于我，这是生活的剧变，令人心力交瘁。我试图转移注意力、让自己变得麻木。我开始沉迷于看电视。我之前喜欢看侦探片，但现在却觉得太残酷，看不下去。我转而看催泪爱情片，动物和自然纪录片也不错，它们可以转移注意力。时政新闻节目我则完全不看。现实世界会让我觉得更难受。我认识的世界已经分崩离析了 —— 先是新冠疫情，然后是希拉的死。我的内心已经被自己的痛苦塞满，再也装不下任何其他东西了。

我开始暴饮暴食。希拉死后的第一年里，我的体重暴增八公斤，血压也高了。仿佛只有用薯片和巧克力填满胃，才能填满内心的空虚。好友的善意提醒（“你该改一改生活状态了！”）只会让我心生怒火：她们有什么资格对我说教？我挚爱的希拉死了！我就是需要摄入这么多能量，才能活下去！

我不再好好睡觉。我晚上熬夜，白天犯困。幸好我是自由撰稿人，尚可容许这种日夜颠倒的作息。后来，我试了试奶奶的小妙招，晚上喝一杯加了蜂蜜的热牛奶，这才终于能够放松下来，好好睡觉了。

我的头脑一片空白。出版社再次为我延长了新书的交稿期限——没错，就是您正在读的这本书——但即使没有时间压力，我也实在写不出东西。我没办法集中注意力。

自打记事开始，书籍就始终是我生活的一部分。我对阅读充满热情，读过的书也多得数不清，但现在我连书都读不下去。每次我试着好好读一本书，要么过五分钟就开始打瞌睡，要么就老是忘记前文写了些什么，需要翻来覆去地读。我的思维变得混乱而迟钝。写文章、录制播客、通过电话或视频接受采访——以往，应付这些小事我完全可以一心多用、游刃有余。但现在，即使只是依次完成两件事，我就已经不堪重负。我的注意力持续时间几乎缩短到了零。

痛苦搅乱了我的大脑。我会忘带钥匙，忘记约好的事，忘记今天是星期几，甚至忘记自己吃没吃早餐。渐渐地，我厨房和办公室的柜门上贴满了五颜六色的便利贴：购物清单、生日提醒、待办事项。我现在几乎是仅凭直觉生活着。哀伤让我自己的存在感降到了最低限度。我迷失了自我，甚至担心自己是不是疯了。

如果您的状态也是这样，不必担心，请相信我:您没有发疯，只是在伤心，而这种糟糕的状态正是哀伤对身体产生的副作用。思维能力是一种有限的资源，只有对生存至关重要的事情，我们的头脑才会为之倾注宝贵资源。因此，大脑会拒绝承认挚爱逝去的事实，也会拒绝将新的现状纳入既有世界观。不过，随着时间的推移，大脑会在记忆里腾出更多空间，慢慢理清思维，恢复正常。

我逐渐发现，尽管我可以主动抵抗这种悲伤，但这样做一点用都没有。我必须让痛苦完整地爆发出来，然后迎着痛苦向前走，熬过它、克服它。这便是我的哀伤之旅。日复一日、每分每秒，我都在一步一步地向前走。

绝望的深渊

爱宠死后，我们的头脑会试图分析把握新的现状。这入骨三分的痛苦也许会激发出强烈的内疚感。我们会认为自己理应早些了解爱宠的病情，甚至会认为是自己害死了它，从而心生更严重的负罪感。

安妮就是这样。有一天，她六神无主地给我打电话，哭得很伤心。“我害死了我的狗狗。”她的爱犬本尼早已时日无多，活得也很痛苦。兽医很干脆地建议实施安乐死，但安妮过不了自己这一关。在她的设想中，爱犬应当在自己家中、在她的怀里安详地长眠。她买了大量人用安眠药，溶在水中，掺进本尼的狗粮里。但本尼并没有如她所愿，安静地一睡不醒，而是绝望地嚎叫着，在极度痛苦中蜷缩痉挛。安妮不得不赶紧把它带到兽医那里实施安乐死。安妮从此再也无法忘记本尼痛苦的样子和它凄惨的哀嚎。她认定是自己毒死了本尼，并因此深受负罪感的折磨。

生活中，我们会遇到很多低谷期。有时，我们会觉得自己已经完全坠入谷底，内心的痛苦已经达到了承受的极限，哪怕再多一点点，都会把我们彻底压垮。而如果爱犬恰好在这种至暗时刻离开我们，就很有可能导致痛苦突破承受阈值，引发过激的想法和行为，后果不堪设想。

卡曼早年曾经嗜酒，但已经戒酒三十年了。她在葡萄牙度假时救下了一只幼犬，从此与她朝夕相伴、亲密无间。十二岁时，皮德洛罹患骨癌，卡曼倾其所能帮它治病。经过后腿截肢，癌症似乎得到了控制。皮德洛开始康复，卡曼也对之后的生活充满希望。然而好景不长，两年过后，癌症又回来了，并且开始扩散。卡曼不得不放手让爱犬离去。在皮德洛生病期间，卡曼从来没有动过喝酒的念头，但当她开车把皮德洛的骨灰接回家时，却在路过的加油站买了一瓶红酒。她想一醉方休，忘记一切，让自己感觉不到痛苦。

那段时间，卡曼的生活十分灰暗。一方面，为了皮德洛的病，她几乎花光了所有积蓄；另一方面，她是一位自由职业建筑师，却由于情绪问题常常无法按时完成工作，导致客户流失。男朋友也分手了，因为他抱怨卡曼不在乎自己："你就去跟你的狗过得了，还要我干吗！"皮德洛视她为生活的全部，而现在，她却"背叛"了皮德洛，因为她无法挽救它的生命。她不在乎自己重新开始酗酒。即使清楚这会让自己丧命，她似乎也无所谓了。

失去爱宠后，不少人都会产生轻生的念头。在很多人的观念里，是自己养的猫或狗依赖自己，而不是相反。但是，在人生的至暗时刻，爱宠却往往会成为我们唯一的依靠，成为我们活下去的理由。

如果您的爱宠不幸离世，您也有可能会觉得生活一下子陷入绝境，无以为继，仿佛天底下一切糟糕的事情都会扎堆来袭。在这种情况下，你可能会看淡自己的生死。这并不是说你一定会主动轻生，而是说，活着还是死去，在你看来都无所谓了。

如果您确实产生了轻生的念头，也担心自己真的会付诸实施，请务必记得寻求帮助！您可以拨打许多匿名、免费的心理危机咨询和自杀干预热线电话，也可以通过电子邮件或者聊天平台获得这类服务。寻求咨询师的专业帮助绝不是懦弱，而是坚强的表现。

没有养过宠物的人可能会认为，因为失去宠物就想要轻生，似乎有些病态——让我们悲恸欲绝的“不过是只动物罢了”。许多人可以理解由于失去挚爱的人而产生轻生的念头，但难以理解为了宠物而想不开。有些失去宠物的主人会开始沾染烟酒乃至毒品，甚至会有自残行为。卡曼就选择了酗酒。许多年前，她也是靠酒精来麻痹自己，撑过生命中艰难的时光。她拔出瓶塞，给自己倒了一杯深红色的葡萄酒。

“突然，我看到皮德洛出现在面前，用责备的眼神盯着我。”卡曼对我说，“我知道，它不想看到我喝酒。”她一下子就回想起了戒酒互助小组的建议：“先忍过今天！”不是夸口说永远不喝酒，只是今天先忍住不喝。如果连这也做不到，那就先忍一小时，甚至只忍一分钟。卡曼把杯中的酒倒掉，然后把瓶子里的也倒了。她很清楚，如果她现在把酒喝下去，也许能麻痹自己一阵子，暂时忘却痛苦，但同时也会让自己坚持奋战了这么多年的成果付诸东流——卡曼决心好好珍惜摆脱酒瘾后的轻松自在，珍惜记忆中与皮德洛朝夕相伴的美好时光。

就这样，她撑过了一分钟、一小时，一点点地熬过了皮德洛逝去带来的钻心苦楚。第二天，她又能继续坚持远离酒瘾，好好生活了。

我们的社会对个人情绪的要求堪称苛刻。对于每一种情绪，社会都会期望我们以某种特定方式去应对。痛苦情绪是不被社会所包容的。由于内心痛苦而想要停下来休息一会儿，在这快节奏的时代往往被认为不应当。我们“应该”迅速走出哀伤，越快越好。要是家人去世，法律规定我们享有丧假，但爱宠去世就没有这一说。社会期望我们在失去爱宠后仍然能像往常一样继续生活。

您也许会在失去爱宠后的头几天甚至头几周里感觉自己很麻木。您需要走一些流程、办一些手续，这些事情可以转移您的注意力。我付清了最后的兽医账单，为希拉注销了保险，并到市税务局注销了希拉的信息。我还在宠物信息登记网站 TASSO①填写了“狗狗死亡”的在线表单。我感到有些恍惚：陪伴了我一生的希拉，只要点一下鼠标，就算是不存在了。

除了这些要办的手续之外，还要习惯新的生活日常 —— 不需要再照顾爱宠了。生活的前路变得模糊不清。这一切都会让人心力交瘁、痛苦不堪。空虚排山倒海，根本无从填补。

产生这种麻木感很正常，这是哀伤的一部分。在这段难熬的时光里，你可以问问自己：未来的生活会是什么样子？你有怎样的期望？你希望发生怎样的改变？

对我来说，那段时间堪称疯狂。我想彻底颠覆自己的生活，想要改变一切，而且最好能立竿见影。我把必需品打包装进箱子，用小木盒装好希拉的骨灰，随时准备说走就走。我设想着反锁房门，然后把钥匙扔掉，开车离开这里。去哪儿都无所谓，只要远离这个充满回忆的伤心之地就行。幸运的是，新冠疫情

---

① https://www.tasso.net.

让我无法将这个头脑发热的决定付诸行动。那样其实并没有用，伤痛靠躲是躲不掉的。

在这段时间里，最应该做的是：什么也别做。不要试着转移注意力。说真的，如果你不乐意的话，就不用逼着自己打扫屋子、修剪草坪、采买东西、约朋友去看电影。但如果做某件事确实能让你感觉更好，那就去做。怎么做对自己有好处，自己来定夺。不要被外界压力所影响，即使这压力是来自好心想要帮您的家人朋友。

我必须再三强调这一点：千万不要被外界压力所影响！生活是你的，哀伤也是你的。在这种时候，你完全有权选择做对自己有好处的事。这绝不是自私的表现！

当时，我已经彻底心力交瘁，什么都做不了。我有很多天都只是坐在花园躺椅上，看着天上的云或者鸟儿。这既有助于放松，也可以让自己在独处中深刻体会失去挚爱的心境。在这段时间里，你必须好好照顾自己。身心疲惫的时候，哀伤情绪会变得更加严重。只有休息好了，我们混乱的头脑才能处理好混乱的情绪。请保持健康饮食，做做按摩，多多出门亲近自然，比如去山林或者海边。开阔空间可以让内心的痛苦得到充分的释放疏解。在我哀伤的时候，我需要置身于远比自己的胸怀更加广阔的大自然之中，这才装得下我所有的伤痛。蕾蒂死后，我直接飞到了美国，来到黄石国家公园。那里雄浑壮阔的自然景观对我是莫大的安慰。

最重要的是：别害怕。抽出时间整理自己的情绪并不会弱化你与爱宠的情感联结，也并不是在“背叛”对它的思念。恰恰相反，这是为了帮助你治愈自己，以便更好地怀念它。

伤痛无尽

身陷爱宠逝去的痛苦之中，你可能很想知道，这份痛苦会不会有朝一日淡化消散。我虽然很想回答说“会的，都会过去的”，但实话实说，我的答案很残酷：不会的，这份痛苦会永远存在。

人永远没办法习惯面对离别。宠物寿命短暂，我们总要经历离别的苦楚。失去爱宠之所以会让我们如此痛苦，是因为我们同时失去了一份无条件的爱，以及一位在艰难时光里给我们以安心和安慰的人生伴侣。

我跟许多养宠物的人聊过这个话题。根据他们的经验，以及我自己的经历，失去爱宠的悲痛往往会在最初的三到四个月中逐渐加深。对于每一只爱犬，我的哀伤期都有所不同，这与当时的生活境况也有关系。第一只狗狗 —— 肉丸离开之后，我用了将近一年才从哀伤中逐渐平复，这才养了第二只狗狗：蕾蒂。而蕾蒂死后只过了三个月，我就迎来了希拉。希拉走后过了七个月，我才从一家罗马尼亚动物收容所领养了一只小狗，唤作希望。由此可见，何时才能让生活重回正轨并没有定数，很大程度上取决于当时的生活状态。但生活重回正轨绝不意味着您不会再感到哀伤。总有伤口是时间无法治愈的，这份痛苦将永远成为我们的一部分。经历过与挚爱的生死离别之后，我们就不再是曾经的自己了。我们会将这份哀伤埋藏在心中，带着它继续生活，让自己适应这种"新常态"。

西格蒙德·弗洛伊德认为，人在经历重大丧失后会长期处于"无可慰藉"的状态。弗洛伊德的女儿索菲在26岁时就去世了。在她36岁冥诞那天，弗洛伊德给他最好的朋友和同事路得维希·宾斯万格写了一封信（后者失去了儿子），信中写道："我们知道，经历丧失后汹涌袭来的痛苦自有其起伏演变的过程，但永远无法得到真正的宽慰缓解，永远没有什么能真正取代所失之爱在心中的地位。无论发生什么事，也无论我们怎么做，这份痛苦始终都会存在。也本该如此。只有这样，我们才能将放不下的挚爱永远铭记在心。”①

在需要靠薪水来交房租、供养家庭或者其他爱宠的情况下，如果我们由于混乱的思绪和情感而萎靡不振长达数月，可能会导致生活陷入困顿。吃不下饭或者暴饮暴食也都会有损健康。要是我们连续几个月都不顾朋友的关心，一味缩在自己的蜗牛壳里，就有可能陷入孤立，失去社交支持，从而对心理健康和整体生活品质产生负面影响。

如果哀伤对生活的影响很严重、持续时间很长，您或许应当考虑寻求专业哀伤辅导咨询师或者心理医生的帮助。

睹物思犬

日复一日，希拉的东西总会让我痛苦地回想起这里曾经的幸福。每次看到空着的狗狗小床或者食盆，我内心的绝望就会加深一分。

一些宠物主人可能会觉得这难以承受，会尽快处理掉爱宠的物品，以减轻这份痛苦。另一些人则会把爱犬的玩具和床保

---

① 西格蒙德·弗洛伊德写给路得维希·宾斯万格的信：https://de.sainte-anastasie.org/articles/cultura/cuando-sigmund-freud-perdi-a-su-hija-sophie.html。

留下来，放在看不见的地方，等到过了足够长的时间，情绪已经完全平复，才会重新拿出来，再决定如何处置。也许到那时，这些物品就不会再勾起太多痛苦的回忆，而是会让主人更多地想到与爱犬共度的快乐时光。

在此，我想再次强调，这趟“哀伤之旅”并没有明确的时间表可言，至于应当在什么时候、以什么方式处理爱犬的玩具、狗绳等物品，都不能一概而论。跟着感觉走就好。

有些人认为，把这些东西捐出去有助于平复哀伤。这样一来，您和逝去的爱宠就能帮到其他有需要的家庭，这份爱就能在其他宠物身上延续下去。

当时，我还没有准备好把希拉的遗物送走，还是想留在身边。它的睡篮依然摆在我的床边。每天晚上睡觉之前，我都会闭上眼睛，把鼻子埋进希拉盖过的毯子里，深吸一口它的味道。这让我感觉它还睡在我身边。直到大概四个月之后，它的气味完全消散了，我才舍得洗掉。希拉喜欢透过厨房玻璃门看邻居家的猫，它的鼻子顶在门上，留下了许多印记。这些印记我一直保留到了2021年复活节。在这将近八个月的时间里，我始终没擦这扇门。直到我内心完全准备好了养一只新的狗狗，我才终于下定决心，把它擦干净了。

现在，希拉用过的大部分狗绳和项圈我都还留着。它们对新狗狗来说太大了，我一直没用上，但一直把它们留在身边。

是狗狗教会了我什么是爱，但也是它们，让我深刻领悟到痛失挚爱的滋味。狗狗充实了我们的心灵，为我们舔舐泪水、找回欢笑，但忽然有一天，狗狗又会从我们的生活中消失无踪。

我们都害怕面对这趟哀伤之旅。它会带来难以承受的痛苦，但也会见证爱的强大力量。所以，请接纳这份哀伤，勇敢面对它起伏演变的过程。

对我来说，死亡是一种触及心灵的深刻体验。它定义了生命的内涵，也为爱赋予了意义。我为希拉的死感到深切的哀伤，对于我的其他狗狗也是如此。但我同样深深地珍视、敬畏它们的生命。拥有自己的猫咪或者狗狗，就像与一颗明亮的星星建立了连接——它为这个充满艰辛的世界带来了一缕光明。为此，无论爱宠在这世上生活了多长时间，也无论目睹它的死亡有多么痛苦，我们都应当心怀感激。

失去希拉不仅是一次沉重的打击，也是一份珍贵的恩赐。道理很简单：爱宠死了，我们就失去了一份爱。这样日复一日、毫无保留的爱，在这个世界上难能可贵。我们会对爱宠彻底卸下防备、敞开心扉，对人却很难如此。一旦我们失去爱宠，这份信赖和连接也便随之烟消云散。

是痛苦定义了爱，为爱赋予了意义。哀伤令人难过，但哀伤会荡涤灵魂、使人成熟、触及心灵深处最柔软的地方。哀伤会在我们耳边悄声低语：我们拥有过一段无条件的爱，这份珍贵的恩赐永远也不会消逝。

新的朋友

2021年2月，我独自一人迎来了70岁生日。当时正值新冠疫情肆虐，我不能办生日聚会，只能通过Zoom跟几个好友视频聊天。孤身坐在空空荡荡的大房子里，我无比思念希拉。疫情的第一年里，我们不得不告别很多东西——我们不能再出门上班，失去了健康，也失去了自由。对于不幸离开我们的家人和挚友，我们甚至无法跟他们好好告别。对于局外人来说，我“仅仅是失去一只狗而已”，在这悲惨的疫情时期似乎不值一提。

要是挚爱的人辞世，社会就会认可我们的哀伤——为人感到悲痛被认为是“正当”的。遗憾的是，在大多数人的观念里，动物没有人重要。尽管在生活中，我们与狗狗的亲密程度往往胜过大多数其他人。但即便如此，为失去狗狗感到哀伤依然常常不被理解。

这种“不正当”的感觉有可能导致“被剥夺权利的”或者“隐藏起来的”哀伤，也就是得不到社会认可的哀伤。除了失去爱宠之外，这类情况还包括前任伴侣去世，或者失去肢体。似乎这些都不能算作是导致哀伤的合理契机。

在这些情况下，当事人蒙受的丧失是真实的，但身边大多数人都不认为当事人有权为此感到哀伤。我们的情绪和感受往往无法得到理解。

我第一次了解到这一点，是在蕾蒂离开的时候。这重大打击令我一蹶不振。我参加了一场哀伤互助会，想要在交流中寻求一些宽慰。我们围坐成一圈，每个人轮流讲述自己失去挚爱的经历。我的身边有失去宝宝的母亲、结婚50年后痛失爱妻的丈夫、父母已不在人世的少年。当我开始讲述我失去爱犬的经历时，我永远无法忘记他们那满脸惊讶的表情。即使他们嘴上没说，我也从眼神中清晰地读出了他们的想法：“你根本没有资格坐在这里！”

我匆匆逃离了互助会。开车回家的路上，我的眼泪止不住地流。我不愿接受这新的现状。我想让蕾蒂回到身边。我想摆脱这痛苦的折磨。但最令我难过的，是我的丧失被认为“不算数”。请相信，任何丧失都不容忽视！

哀伤就是哀伤，爱就是爱，无论对象是人还是动物，都一样。养过狗的人都知道，爱犬在我们心中的地位非常重要。因此，失去爱犬与失去挚爱的人一样，对我们来说都是意义重大、伤痛至深的经历。

爱宠死后，不要寄希望于从朋友那里获得宽慰。别误会，我这样说并没有恶意。在人生中的灰暗时光里，朋友确实可以给我们带来宽慰——前提是他们能够帮上忙。生而为人，在面对哀伤的时候，朋友自己也可能会觉得很不舒服。大多数人都对死亡抱有畏惧之心，不愿触及这个话题。当我们身陷哀伤，无法自拔的时候，朋友肯定想帮我们一把，却对我们的哀伤会感到无能为力，找不到合适的话来安慰我们，到最后往往是好心帮了倒忙，不但没能缓解哀伤，反而会让我们更加痛苦。

您可能会发现，爱宠死后，您的朋友圈子会有所变化。您可能会重新审视与一些多年老友的关系，也会结交新的朋友。

你会找到能够理解你的哀伤，并给你以支持和慰藉的人。他们往往是其他狗主人，也许是在宠物学校或者狗友圈子里认识的。但这些新朋友也可能会让您失望——随着爱宠逝去，你实际上已经与他们格格不入了。更糟的是，对一些狗友圈子成员来说，你的坏消息可能会提醒他们，自己的狗狗也是会老去的。很多人并不愿意面对这个现实，所以会对你产生敌意。这种疏离可能会让你产生更强烈的被孤立感，令痛苦加剧。

朋友和家人肯定想要帮你走出痛苦，但往往不知道该怎么帮。他们会给出一些并不合适的建议（比如“快养只新的狗吧”），尽管这是出于好心，但还是可能会伤害到你的感情，让你感到更深的恐惧、内疚和绝望。有时候，你会感觉心力交瘁，无力解释为何如此悲伤痛苦，只想一句话都不说，扭头就走。

我对您只想提一点建议：在这段时间里，请务必谨慎选择交流的对象。我选择的是长期与爱宠生活、懂得失去爱宠是什么感受的人；能够支持我、倾听我、不评判我、只有在我寻求建议的时候才给出建议的人。

支持、帮助哀伤中的家人或朋友要比想象中困难得多。研究表明，深重的悲伤会在几分钟之内迅速传染给其他人。因此，很多人会想要避开哀伤的人，或者希望后者赶紧走出痛苦。另一方面，很多人也不知道自己该怎么做才好。对于因失去爱宠而哀伤的朋友，是应该让她自己静一静，还是帮她转移注意力，暂时忘却痛苦呢？大多数人的本意都是善良的，即使他们的做法不合适，也都是好心想要帮忙。他们只是不知道应该怎么做。

这一切其实都导向同一个结果：哀伤令人孤独。希拉死后，我缩进了自己的茧中，与许多人都断了联系。我实在难以忍受他们无用的陈词滥调和浮于表面的空洞关心。我在心中嘶吼着：“你的建议根本没用！”但表面上，我保持沉默、保持微笑，强忍着自己打人的冲动——毕竟，对方肯定是好心想要安慰我。我很孤独，也只想继续孤独下去。

但我也结交了新的朋友。他们给了我惊喜，帮我渡过难关，支持着我活下去。我仅有的几位最亲密的挚友也始终陪伴着我。

不要浪费时间和精力在他人面前为自己辩解，更不要为此而烦恼。请让身边的人清楚地知道，你不希望讨论自己的哀伤。在这个问题上没得谈。你会逐渐学会分辨，这份哀伤究竟值得跟谁交流分享。

社会期望我们能够迅速摆脱痛苦，重新恢复“正常运作”。许多没有养过宠物的人不理解我们经历的伤痛有多深重。您必须允许自己感到哀伤，但考虑到旁人对此的反应，您在工作场合和一些人身边还是应当收敛自己的情绪。没几家公司能接受员工因为哀悼宠物的死而影响工作 —— 您不太可能因此请到几天宠物丧假。无论你喜不喜欢，现状就是如此。在许多不养宠物的人看来，如果某人因为宠物死去而深陷哀伤，这人就多少有些“奇怪”。甚至一部分养宠物的人也会这样认为。这或许不公平，但我们的社会就是如此。

孤独的感觉很糟糕，但这是人必定要经历的重要阶段。在哀伤的过程中，我们要接受爱宠离去的事实，在新的常态下重新找到生活的方向。在这个过程中很重要的一步，是要允许自己在其他人和其他动物身上找到快乐。

旁人的反应

《老狗的智慧》出版之后，以及在为本书收集资料期间，有很多失去爱宠的读者给我写信、发消息，想要寻求安慰。旁人向他们提出了以下一些说法和问题，他们绕不过去，也答不上来，不知道该如何应对。

“不过是只狗罢了，再养只新的吧。”

加比不得不让她的小串串狗接受安乐。为此，她请了两天病假。回到办公室的时候，同事对她说：“哎呀，别难过了，不过是只狗罢了。你随时都可以再养只新的呀。”

在我看来，这是最常见也是最笨的安慰方式，往往是没养过宠物的人才会这么说。你自己肯定很清楚，你与爱宠的关系是独一无二的。听到这种言论的时候，你应当尽快停止对话。要是跟对方杠上，试图解释或者教育对方，只会白白耗费时间和精力。哀伤的时候，不要将宝贵的精力浪费在不理解您的人身上。

“你还在难过呢？差不多了吧？生活还得继续呢。”

希拉和蕾蒂死后，一些熟人固执地想让我振作起来，总是追着问我：“嘿，你走出来了吗？”说实话，问这种问题情商很低。这相当于是认为，哀伤应当有个固定期限，而我哀伤得太久，超过这个期限了。身边的人想要知道，我们何时才能“恢复正常”。他们希望我们将痛苦抛之脑后，回归“原本的自己”——热爱生活，开心快乐。身边环境给我们施加了巨大的压力，催促我们尽快走出失去挚爱的阴霾。但是，这所谓“原本的自己”

已经不存在了，也没法回归了。这个问题让我很气愤，难道我难过还得遵循时间表不成？我尽力克制、保持礼貌，只是简单地回答道："嗯，我还在难过。"然后转身离开。我不想被迫捍卫自己哀伤的权利。

"当年，我的狗狗死后，我是如何如何做的……"

这听起来很贴心，他人的亲身经历似乎也能对您有所帮助。然而，这也有可能带来难以承受的情感负担，甚至催生出内疚感。当我自己身陷哀伤时，我需要以全部精力处理自身情绪、适应新现状，而完全不想分出精力去倾听其他人的伤痛经历，并且被迫担负起安慰对方的义务。恕我这么说：你的遭遇已经让你伤得很重，所以应当把治愈自己视为第一要务。

可以这么说："谢谢你的关心，但我自己的情绪还是需要我自己处理。"

世界上还有那么多人在受苦，我却为一只动物的死如此哀伤。这算自私吗？

你深爱你的狗狗。哀悼它的死，对你来说很重要。人的大脑既能为人感到悲伤，也能为动物感到悲伤，并不非要二选一。

为狗狗而哀伤，体现了你对整个世界的共情心，这是很好的性格品质。你应当看到，自己能够爱得如此投入、如此深沉——这会让你感觉充满精神力量，帮你治愈自己，重新拥有爱的能力，无论是爱动物，还是爱人。

哀伤的时候，我一定要“坚强”吗？

“我的狗狗刚死的时候，我很害怕自己哭出来。因为我担心一旦开始哭，就再也停不下来了。”里奥在信中写道，“我是个大男子汉。如果任由自己因为狗狗而哭哭啼啼的，恐怕所有人都会觉得我疯了。”

我也和里奥一样，在希拉和蕾蒂离开的时候同样害怕自己随时哭起来。从另一个方面来说，似乎唯有痛苦才能让我记得，希拉对我有多么重要。它在我心中的分量越重，这份痛苦自然就理应越强烈。

很遗憾，我们的社会将哀伤情绪视为软弱的表现，对动物感到哀伤更是如此。但事实上，由于失去挚爱的狗狗而感到悲伤、恐惧、孤独或者抑郁，都是完全正常的。突然面对死亡的时候，或者刚刚失去挚爱后的短时间内，无法控制地放声大哭是非常普遍的现象。这是我们的身体应对情感冲击、疏解压力的方式。

此时，允许自己哭泣，就是最好的坚强。

哭泣并不意味着软弱。事实上，能够接纳自己的负面情绪恰恰是坚强的表现。你之所以会产生这些感受，是因为你对其他生灵怀有共情心。这是件好事呀！

哀伤有朝一日会淡化、平息吗？

常常有人问我这个问题。我很想回答“会的”，但是很遗憾，哀伤永远不会彻底平息。即使是在失去第二只、第三只、第四只狗狗的时候依然如此。这很正常。我们的哀伤每天都会有所变化——你永远不会忘记爱宠，但你内心的感受和痛苦会逐渐发生改变。到了某个时候，你一定能够重新感受到喜悦。尽管我们对爱宠的哀悼不会停止，但我们终将走出阴霾，让美好的回忆支撑我们继续生活下去。

哀伤之旅漫漫，有时痛苦会让你心力交瘁，只盼着一切都停下来，重回安宁。治愈哀伤并非易事，需要付出许多努力、耐心和时间。所以，别着急，慢慢来吧。一定要接纳自己的情绪和感受，不要抗拒它们——经历这些情绪和感受是必不可少的过程。痛苦不会自己凭空消失，哀伤总能在人最意想不到的时候发起突然袭击。即使时隔多年，悲伤也时常重新浮现。不必担心，这很正常。

要是直到狗狗死后数十年，我依然会感到思念和哀伤的话，我会觉得很感激 —— 这样，我就可以再对它说一声“我爱你”。

爱宠死去的时候，要是我觉得欣慰或者轻松，是不是意味着我是个糟糕的人？

要是狗狗生前饱受病痛折磨，那么在它离去的时候，你可能会松一口气，甚至感到些许欣慰。这很正常。日复一日目睹爱宠在痛苦中挣扎，在情感上、生理上和精神上都是难熬的折磨。甚至这种感觉不仅仅限于爱宠，即使是饱受病痛折磨的亲近的人辞世，你也完全有可能感到轻松甚至欣慰。这是哀伤中正常的情绪反应，绝不意味着你是糟糕的人，而是因为你心里知道，爱宠不会再受苦了。

我的好友帕特罹患癌症。我在美国陪她度过了临终前的最后几天时光。她最终解脱的时候，我已心力交瘁，哭都哭不出来。开车回家的路上，车上电台开始播放美国乡村歌手李・安・伍麦克的 *I Hope You Dance*（愿你迎风起舞）。我放声跟唱，任由眼泪滑落脸颊。

这首歌唱的是我们应当为孩子和自己许下的愿望 —— 愿你

永远保持好奇，保持渴望，不要安于现状；愿你珍惜每一次呼吸，不要将活着视作理所当然；面对宽广的大海，愿你能够感受到自己的渺小；一扇门关上时，愿另一扇窗为你开启。

歌词最后部分给出了这样的建议：“当你面临选择，是碌碌无为，还是迎风起舞？ 愿你选择起舞！”

这也是我从帕特身上得到的感悟。我一边听着歌，一边想着，帕特终于熬过了痛苦，迎来了解脱。我很高兴跟她成为朋友。在死亡面前，我很感激我们两人度过了精彩、特别的一生，也很感激我们对人和动物满怀爱意。

友人或爱宠离世时，我们感到片刻喜悦并非离经叛道。这并不意味着我们忘记了如何去爱。喜悦和笑容是生命的一部分，这是您的身体在长期承受压力、痛苦和恐惧之后想要休息片刻，是一种生存策略，不必担心。喜悦是疗愈灵魂的灵丹妙药。

我好孤独

从小到大，我们一直被教育要坚强、独立，难过的时候要忍住，不要把情绪表露出来，否则会给别人造成负担。这其实不对。

你真正该做的是寻觅能够真诚地支持你，不会对你妄加评判的倾听者。要是有人因为你爱自己的狗狗、因它的死而伤心哭泣，就对你评头论足，这样的人请你务必远离，不要受其影响。因此，我们要非常谨慎地选择哪些人值得信任。

不要因为遭遇了不理解而失望，而是应当换个合适的环境。在你感到安心的地方，向信赖的人倾诉哀伤，例如好友或者其他境遇相似的宠物主人。不少宠友都喜欢分享自己与爱宠的故事、照片和记忆，所以网上也有许多爱宠交流平台和虚拟社区，可以带给你勇气、支持、理解和共情。可以通过搜索引擎轻松找到这样的社区。

你也可以订阅与宠物相关的电子邮件简讯，或者逛逛宠物博客。有时候，里面的内容对于走出哀伤很有帮助。

当然，网络交流并不能代替面对面的拥抱和倾听。但网络的匿名特性也许有助于你敞开心扉，说出深藏心底的话，从而找到能够理解自己的人。

但是，在网络群组发布敏感内容也有风险。只要有社交网络账号，任何人都可以访问公开的宠物纪念页面。这可能导致有陌生人在页面中发布不当留言，甚至以恶意言论故意激怒、伤害他人。

为了避免遇到这些不愉快，可以考虑加入私密群组，而不是公开群组。此外还要时刻记住，社交媒体虽然是很有用的交流工具，但绝不能完全替代面对面的亲密关系和情感支持——在这段艰难的时光里，这些现实中的关系非常重要。

我在网上发布希拉的死讯之后，得到了无数宠物主人和读者发来的安慰和鼓励，让我感受到莫大的理解和支持。这本书正是为大家而写。以痛苦为纽带，即使素昧平生，我的心也与大家联结在一起。

安慰他人

当你终于走出悲伤的深渊，你自己也能成为朋友的精神支柱，用自己经历丧失的经验帮助朋友从痛苦中走出来。

如果你想安慰朋友，不要觉得害羞，放心大胆地开口吧。没有人会要求你做到完美。即使你实在不知道该怎么做，也可以这样说："我不知道该说什么，但我想让你知道，我真的很关心你。"

也可以说："节哀。我懂得你的感受。你现在肯定非常难过。"

你确实懂得朋友的感受。深重的痛苦是最能体现共情心的情感经历。你要做的是与朋友一同直面痛苦，并且努力抵御试图修复问题、让朋友心情好起来的冲动。抗拒帮忙的念头真的很难。想要帮助身陷哀伤的人，最好的办法就是：让他们自己处理自己的痛苦。希拉死后，我不想听任何建议，也不想被治愈、被拯救，而只想被看到、听到、感受到。许多朋友好心想要帮我，有时却有些用力过猛，令我不堪重负，缩回自己的蜗牛壳里。

我们没有办法“拯救”深陷伤痛的人，但可以通过陪伴和关注，让对方感受到我们真挚的关心。

有时候，你也可以提供一些实际的帮助，比如帮朋友买东西、打扫卫生、打理花园之类的生活小事。但要记得先问过朋友。一般来说，在给对方提供建议或帮助之前，都要先得到对方的允许，无论是平时，还是对方哀伤的时候，都应如此。

“下午我要去买东西，要不要顺便帮你买点什么？”

“我炖了一大锅汤，最近你吃得少，要不也帮你带一碗？”

“今天真暖和，一起出去散散步怎么样？”

要是朋友拒绝了你的提议，千万别介意，有些人只是更想自己一个人面对哀伤。让朋友意识到你的关心就好，要做好得不到回应的准备。倾听、关爱，或者默默地陪伴，都是对朋友最好的安慰。

其他形式的丧失之痛

哀伤源自丧失心中所爱。这种丧失并不局限于死亡，还有许多其他情形。未竟的梦想、曾经拥有但现已失去的能力、离别、分居、离婚，都会令我们伤心痛苦 —— 即使我们知道那是最有利的决定，哀伤依然无法避免。

分居或离婚

与伴侣共同生活，就意味着同时也要接纳对方的宠物，让它成为家庭的一员。有时候，伴侣带来的宠物会成为双方关系中第一个“孩子”的角色。

我们会与伴侣的宠物建立越发牢固的情感纽带，仿佛它不仅属于伴侣，也属于我们自己。同样，它也会喜欢上我们，对我们投以最无私的爱。因此，分手的时候，我们自然也会因为对方宠物的离开而哀伤。甚至很有可能，对方宠物的离开要比对方本人的离开更令我们伤心，因为我们与宠物的亲密关系往往要比一段破碎的恋情更加积极健康。

爱宠死去的时候，我们明确地知道，这便是永别了。但在与伴侣分居的情况下，狗狗虽然离开了我们，但还会继续活着，只是我们不能再参与它的生活了。这会让我们非常痛苦。

有时候，我们知道狗狗在前任那里过得很好，因为前任有更多时间陪伴照顾它，或者因为狗狗更熟悉前任的家。这种情况下，我们的心里会好受一些。

然而，以分手告终的亲密关系往往错综复杂，甚至可以用糟糕来形容。宠物有时会被用作筹码，甚至成为报复或胁迫对方的武器。有些妻子尽管遭受家暴，却依然留在丈夫身边，因为她们害怕丈夫通过伤害爱宠来报复自己。即使妻子想去家暴庇护所，那里往往也不允许带宠物入住。如果在这种情况下分居或者离婚，爱宠的离开就不仅让人伤心，还会让人害怕，担心它会不会遭受伤害。这往往并非杞人忧天，前任伴侣的宠物被虐待甚至残杀的案例并不鲜见。

得知自己今后再也无法见到爱宠，一定令人心碎。你可能会想：它会不会觉得被我抛弃了？它过得好吗？走在街上，每次遇到长相相似的狗狗，您都会感到一阵心痛。

究其本源，这样的痛苦都是因为爱得深沉。我们越是敞开心扉爱一个人或者一只宠物，就越要承担分开时陷入伤心痛苦的风险。令我们伤心的并不只是亲密关系的终结，还有与对方共同拥有的希望、梦想和回忆的幻灭。

同时，伴侣在我们生命中的地位往往十分重要，给我们带来过许多欢笑。失去了这样的伴侣，我们肯定会很难过，并希望伴侣回到自己身边。我们会觉得自己受了伤，也许还会因此怪罪自己或者其他人。

在哀伤过程中，所有这些情绪都是正常的。现在，对我们来说，最重要的就是继续前行，熬过哀伤，走出哀伤。即使步履维艰，也要一小步一小步地往前挪。有时候，我们必须告诫自己把目光放长远——无论我们多么想让心爱的狗狗回到身边，都不要慑于他人的意志而委屈自己，留在不健康甚至“有毒”的关系中。您可以放心，哀伤之旅永远不会冲淡你与爱人或爱宠共度的时光，更不会磨灭你心中充满爱意的回忆。我们会从哀伤中学习、成长。

动物囤积症

动物囤积症（animal hoarding）是指，照顾被遗弃的动物成了某人唯一的目标和生活动力。这样的人也许养了几十甚至上百只猫猫狗狗，只为了“拯救”它们。然而，动物囤积症患者往往无法满足这么多动物的需求，导致动物缺乏水和饲料，生活在恶劣的卫生条件下，得不到必要的照顾和治疗。患者常常处于与现实脱节的状态，没有意识到动物在他们的“照料”下过得很糟糕。邻居往往不堪忍受恶臭和吵闹，会报警要求把动物迁出去。这不仅理所应当，也有利于动物的福祉。动物走了，只留下以“爱动物人士”自诩的人绝望地留在家中，他们会担心动物离开了自己过得不好。可以说他们“敬畏生命”，但他们在乎的只是维系生命体征，却丝毫不考虑生命的质量。他们通常不会承认，在自己“照料”下的大多数动物实际上都严重缺乏照料。他们不能接受减少自己“负责照料”的动物数量。这些人有极强的控制欲，在动物生活的方方面面都设下限制，固执地拒绝让任何一只动物离开自己的掌控。无论是把相对健康的动物送养，还是让奄奄一息的动物接受安乐死，他们都不会答应。动物囤积症患者坚信，即使身处糟糕的环境，动物也可以很快乐 —— 在他们看来，只要是活着，就总比死掉要好。即使由于虐待动物而被传唤甚至判刑，他们在重获自由后往往也会重新开始囤积动物。“我救的狗越多，我就越善良。”—— 这是他们的座右铭，也是他们赖以维持自我价值感的核心逻辑。动物囤积症是一种心理疾病，需要严肃对待和治疗。

天灾降临

设想一场可怕的灾难让主人不得不与爱宠分开。正值生死危急关头，又遭遇与爱宠分离的打击，很可能让主人受到严重的心理创伤。人与爱宠的纽带一旦断开，无论是意料之中（比如久病不愈）还是意料之外（比如天灾人祸），都有可能引发严重的心理危机。不仅是主人，在事发现场救援动物的人员同样面临这种风险。

2005年，飓风“卡特里娜”袭击美国新奥尔良市，导致该市被洪水淹没。那段时间，媒体报道了许多撤离时被留下或遗弃的宠物，其中一只名叫“雪球”的小白狗引起了广泛关注。在新奥尔良市路易斯安那超级圆顶体育馆的疏散过程中，按照规定，获救人员不能携带宠物登上撤离的大巴。警察不得不将一个小男孩的狗狗从他怀里强行抱走。小男孩绝望地哭喊着：“雪球！雪球！”最后甚至哭得呕吐起来。

这只“让整个美国心碎的小狗”触动了无数人。为了寻找雪球，不少慈善机构筹办了一系列募捐活动，还有许多人建立了个人募捐网站，只为让它与小男孩重新团聚。遗憾的是，雪球至今杳无音信。

还有一个颇具戏剧性的真实案例。为了躲避洪水，一名男子带着爱犬爬上屋顶等待撤离。救援船赶来时，救援人员拒绝他带狗上船，并告诉他，稍后会有另一艘船专门来救走动物，狗狗只要在原地等着就好。眼看水位不断上涨，男子慌了，只能选择撤离。上船之前，他流着泪对狗狗说：“坐在这儿别动，你很快就能得救了！”男子撤离到安全地点后才知道，根本就没有负责救走动物的船，是救援人员骗了他。直到获救十天之后，他才与朋友一起驾船回到被水淹没的房子。他无比惊讶地发现，爱宠竟然真的听从他的命令留在原地。它看起来瘦骨嶙峋，还生病了，毕竟这么多天一直没有吃的、只能喝脏水，但它一直在等着主人回来。还好，结局是幸福的大团圆。

有一位老太太的举动让我非常同情。她穿着睡衣，拿着步枪，与狗狗一起待在屋顶。要是救援人员不让她带着狗狗一起上船撤离，她就端起枪把救援船赶走。在新奥尔良，拒绝撤离的人中有44％是因为不愿抛弃宠物选择留下的。它们的命运受到了舆论的极大关注，再加上动物保护人士的抗议，促使美国政府于2006年颁布了《宠物疏散和运输标准法案》（PETS法案），要求在救灾疏散过程中也要救援房主的宠物，并提供允许携带宠物的应急安置点。

然而，德国却并没有相应法案。2021年7月，德国阿尔河谷发生洪灾，这类规章的缺失间接导致了许多居民和宠物不幸遇难。根据官方统计，共有134人在洪灾中遇难，但实际遇难人数可能更多，因为很多失踪者后来一直没有被找到。在洪灾中，许多宠物不得不与主人分开，或者本能地逃命。也有许多宠物被洪水卷走，有的在下游数千米远被发现。

救援人员说，有一些人不能带宠物撤离就拒绝接受救援，选择留在屋里，最终不幸遇难。应急安置点通常拒绝宠物入内，许多住房也不允许携宠物入住，所以即使在灾难平息之后，还有许多人因为带着宠物找不到容身之所。

在救灾现场，一直有志愿者和动物保护人士热心帮助宠物和主人。动物保护组织 TASSO e.V. 协会发起了“爪爪不湿”项目，号召为灾区提供援助。相关组织计划与德国联邦动物救助服务联合会合作，从立法层面确保动物在灾难中也能得到救助。作为主人，您可以为爱宠备好逃生用品，以防万一：准备一个小箱子，装好爱宠的疫苗接种证明。如果它过敏，还要准备好必要的药品和饲料。将这些物品放在容易拿到的地方，最好靠近房门。建议您训练狗狗在出门时能够乖乖坐下，让您牵好绳，这样在紧急逃生的时候可以省去很多麻烦。

在阿尔河谷洪灾这样的重大灾难面前，失去房屋、财产、工作和挚爱会让人陷入深深的恐惧。如果有爱宠忠诚地陪伴在身边，也许幸存者就不会彻底绝望，而是能够重拾力量和意志，坚持走下去。幸存者会意识到，正是自己的干预拯救了爱宠的生命，这一点可以带来宝贵的希望。在灾难时期，生活的许多方面都不再受自己掌控，要是能够保护和照顾心爱的狗狗，心中就能多一分安定。而狗狗向我们回馈的无条件的爱，在这紧张、痛苦的时期更是莫大的安慰。

爱宠失踪

说到失去爱宠，大多数人都会想到爱宠死亡，但除此之外，其他一些情形同样令人心碎。

有时候，由于我们自己或家人的疏忽，爱宠会走丢。也许某人忘了关门，或者怀里抱着一大堆购物袋，没看到狗狗在门关上之前溜了出去。也许是遛弯的时候项圈松了，于是狗狗一溜烟跑得没影了。

要是把狗狗拴在商店门口等待主人，或者让它独自待在没有围栏的地方，狗狗就容易被偷走。本市有一群小年轻喜欢在公园偷狗，等到主人贴出有偿寻狗启事，就去归还领赏。要是这种情况还算万幸，至少爱宠不会永远消失。但也有一群职业偷狗人，专偷品种名贵的母狗，作为“繁殖犬”售卖。它们会沦为生育机器，度过悲惨的余生。

爱宠失踪后，最令人煎熬的是心中那份不确定性。我们会设想千百种可能的情形：发生了什么？现在狗狗在哪里？它还好吗？会不会是好心的人家找到并收留了它？它还活着吗？一旦想到爱宠可能被关在某个地方遭受折磨，我们就会心如刀割，而且如果爱宠一直没有音信，我们就永远无法摆脱这种痛苦。你肯定想等它回来，但你愿意等多久呢？要是知道爱宠死了，至少算是有个交代，你也可以放弃幻想，安心哀悼它了。要是爱宠始终下落不明，这份可怕的不确定性就会纠缠一生。

哀伤的时候，就让自己忙碌起来，做些实事，可能会有所帮助。在超市或者路灯上张贴寻狗启事，告诉网友和邻居，发动大家帮忙寻找。

同时，要始终保持希望，相信狗狗总有一天会重新出现的。曾有一只狗狗在度假时失踪，后来突然在距离失踪地点380千米，位于法国南部城市尼姆附近的家乡现身。它名叫帕布洛，是一只两岁的猎梗。男女主人开着房车带它去意大利度假。返程途中，房车在法国萨伏依地区稍作停留。帕布洛跳下车，好奇地探索周围环境，却没有像往常一样回来。两位主人苦等了几个小时，第二天只好为帕布洛报失踪，然后才继续上路。过了几天，在家乡偶尔帮忙照看房子的熟人突然发来一张狗狗的照片。“这就是帕布洛！简直难以置信，我高兴极了！”女主人凯瑟琳对熟人连连道谢。照片上，帕布洛变瘦了，但依然很有精神。“我们当即决定，马上开车回家。”男主人罗杰说道。他们还买了一条带 GPS 定位功能的项圈，以防帕布洛再次走丢。

狗狗失踪时间越长，寻获或者自行回家的概率就越小，但并非完全不可能。动物保护组织兼宠物登记机构 TASSO 时常报道这样的事。如果你的宠物遗失了，你应当第一时间联系 TASSO。我强烈建议你在该机构登记爱宠信息，这样，你至少心里会有一种安全感，知道自己在紧急情况下可以找人求助，而不会在绝望中感到孤立无援。2020 年，共有 113,000 只狗狗和猫咪被报失踪；而在同一年，TASSO 帮助找回了 93,000 只狗狗和猫咪，让它们得以与主人重新团聚。

一旦决定养宠物，我们就要对它负起责任。这份责任也包括时刻看管好它，防止发生意外。你应当从一开始就考虑周全，设想到所有可能导致宠物失踪的情况，并想好如何避免。

如果爱宠不幸失踪，我们很容易陷入慌乱，甚至开始责怪自己。请不要这样！怪罪自己只会让我们更加痛苦难过。你不是故意的！你并没有盘算着："今天我要故意不关花园门，让贝罗跑出去。"人非圣贤，孰能无过，内疚感和负罪感只能徒增烦恼，于事无补。

如果你已经为找回爱宠倾尽了全力，却依然没有结果，你就应当做好告别的准备了。在心里对它说声谢谢，道声再见，为它的离去而悲伤哭泣。

老 人

希拉死去的时候，我69岁了。它是我失去的第三只狗。随着年龄增长，我经历的失去越来越频繁。一年前，我的父亲去世，还有几位好友也离开了。感觉很快也要轮到我自己了。

老去的过程总是伴随着失去。我们的体力会减弱，不能慢跑，只能散步。我们经常忘事，或者难以集中注意力。退休后，许多人会失去经济上的安全感和独立感。如果子女在其他城市工作、生活，空巢老人可能会倍感孤独。因此，子女离家之后，猫猫狗狗往往会顶替子女的角色，成为老人的精神寄托。

对于年迈的狗主人来说，爱宠往往是早上起床的最大动力源泉。照料、喂食、遛弯、一起玩耍，主人和爱宠都能得到运动锻炼。养狗也能增进社交互动，我们可以与其他主人聊聊狗狗的品种、性格和行为等话题。用心关爱和照料爱宠，感觉到爱宠需要自己，也非常有助于提升主人的自我价值感。有时候，狗狗会给人一种“我们俩一起对抗全世界”的感觉。

此外，在家里有狗狗陪在身边，会让人更有安全感。它可以吓退试图入室的坏人，或者提醒主人注意有人在门外，还可以在火灾或自然灾害来临时发出警告。

最重要的是，猫猫狗狗可以为独居老人带来爱意和温暖。宠物往往一整天都会忠实地陪在主人身边，耐心地听主人唠叨过去的故事，无论翻来覆去地听多少遍都不会厌烦。狗狗会给我们陪伴和无条件的爱。一旦狗狗死去，我们的生活日常就会天翻地覆，这份简单的喜悦也便不复存在。

西蒙娜与她的串串狗娜拉住在公寓楼里，跟邻居都不太熟。她的孩子搬走了，丈夫已去世多年，大多数朋友要么也已经去世，要么住在养老院。她的大多数时间都是与娜拉一起度过的，爱宠已经成了她生活的一部分。她与爱宠共进早餐，按时遛弯。看电视的时候，娜拉总会蹭着西蒙娜卧在沙发上，听西蒙娜跟它聊剧情。

后来，娜拉生病了。西蒙娜一直全心照料它，直到它最终在西蒙娜怀里死去。她崩溃了。待在屋里让她如坐针毡，因为这里的一切都让她想起爱宠。她把自己关在卧室，在这里看电视、读书、吃饭，厨房和客厅则是能不去就不去。她感觉内心无比空虚，经常哭。

朋友劝西蒙娜领养一只新的狗狗，但她没有这样做。她害怕自己会比新的狗狗先走一步，况且她与娜拉的深刻羁绊已经无可替代。她对此深信不疑，发誓不再养狗。同时，娜拉的死也让她觉得自己大限将至，活着没了盼头，也没了乐趣。她离开公寓，搬进了养老院。

在那里，西蒙娜认识了治疗犬卢克，还有一只名叫宝拉的猫咪。它们会定期来到养老院，陪陪这里的老人。西蒙娜很期待它们的到来——生活又有了盼头，她也恢复了活力。她开始与其他失去爱宠的老人聊天，还因此交到了新朋友。

老人住进养老院时，可能无法将爱宠带在身边。有些养老院虽然允许主人携爱宠入住，但爱宠死后就不允许再养新的宠物了。老人不仅会为失去爱宠而伤心，还会因为不能再拥有新的狗狗而失落。

在这种情况下，让动物来探望老人就显得弥足珍贵。有些养老院和护理机构会定期让猫猫狗狗，甚至羊驼和驴子来陪伴老人。这不仅可以让老人亲近、爱抚毛茸茸的可爱动物，还有助于老人回忆往昔，想起与动物相关的经历和故事，从而促进老人与其他人交际互动。

失去爱宠对任何人都是沉重的打击，对老人来说更是如此。垂暮之际，各种丧失的打击往往频繁降临。伴侣、兄弟姐妹、孩子、挚友，常常会在人生的这个阶段离开我们。我们的体力、耐力和运动能力一天不如一天。退休之后，许多人会失去职业带来的身份地位、熟悉的生活日常，以及在工作中与人交流的机会。要是完全依靠固定收入生活，甚至可能难以维持之前的生活品质。

面对这样的落差，许多老人会把更多的爱和精力倾注在爱宠身上，与之建立起非常牢固的情感联结。这样的联结往往深刻而长久，可以满足身体上和情感上的多方面需求。

如果没有意识到宠物在老人生命中的重大意义，就难以想象失去爱宠对老人来说是多么重大的打击，会带来多么彻骨的悲伤。

在爱宠临终之际，老人非常需要身边人的倾听和支持，还需要与人商量，决定要不要让它接受安乐死。

如果您想帮助处于这种艰难境况下的老人，我想为您提几点建议：

要考虑到许多退休老人经济并不宽裕，负担不起昂贵的诊疗服务。宠物病危时，他们不得不在经济条件的限制下做出艰难抉择，决定要不要继续维持宠物的生命。这种情况下，您要给他们更多的支持和理解。

有时候，我们会以过时的信息，或者早年关于兽医、死亡或宠物安乐死的糟糕印象为依据，做出不理智的决定。比如，我记得小时候在村里，大多数狗狗临终时并不会像现在这样接受安乐死，而是会让熟识的猎人射杀。如果您的朋友对安乐死的执行方式有误解，那就向朋友解释清楚，并提议陪朋友一起去找兽医。

有些老人会把哀伤埋在心里，不敢把情绪表露出来，依然强装出平和的样子。但另一方面，有些老人阅历丰富、成熟睿智，比我们想象的要坚强得多，确实能够更好地应对哀伤。因此，不要贸然抛出自己的建议和想法，先问问对方需要什么，并用心倾听。

我本人很担心一点：要是我自己生了病、出了事故、突然住院甚至死掉，我的狗狗该怎么办呢？谁来照顾它呢？

我在钱包里和车上放了一张应急卡片，上面写着我如果出事了该通知谁、由谁照顾我的狗狗，以及联系人的姓名和电话号码。当然，我事先与联系人约定好了相关事宜。除此之外，我还在遗嘱里加了一份遗产规划书[1]，写明了我的狗狗在我死后应当交给谁。

请您保持开放的心态，耐心地倾听对方、理解对方。老人最需要的就是敞开心扉，说出自己内心的感受，追忆早先离世的爱宠和挚爱的人，谈论其他关于丧失的经历，以及自己每况愈下的健康、高龄甚至死亡。

如果您自己由于高龄或者其他原因而无法再养宠物，不得不与它告别，可以试试转移注意力，不要在失去爱宠的痛苦中陷得太深，而是更多地感激与爱宠共同经历的时光。您让爱宠的生命变得精彩而幸福。这就是爱！

---

① 详见附录：宠物照护授权书、遗产继承。

爱将永存

说起自己的爱犬，我们都有讲不完的故事——狗狗如何如何认得我们、爱着我们、听得懂我们说话；上班或者外出的时候，狗狗会送我们出门；我们不在家的时候，狗狗会想念我们。至于实际上是不是这样，我们当然不知道，这只是我们一厢情愿的解读罢了。

我们对宠物的爱会越来越深。在人与人的关系中总难免出现冲突和不愉快，但我们与狗狗的关系中却完全不会出现这类负面情绪。爱宠能够填补我们情感的空洞。我们对它们爱得越深，它们死去的时候，我们的悲伤也会越深。一旦决定让宠物加入我们的人生，就要准备好面对失去和死亡的打击。

千百年来，人们普遍认为动物低人一等。直到近几年，这种思潮才有转变的迹象。研究表明，动物也有感情，并且在共情能力和利他行为方面往往强于人类。不过，宠物对我们来说既不是兄弟姐妹，也不是孩子；既不是下属，当然也不是老板。无论是在情感上还是空间上，我们和宠物生活的世界都有很大的不同。我们爱它们，却难以理解它们的世界。尽管我们几乎完全不具备它们强大的直觉和本能，也对它们知之甚少，但它们还是依赖着我们。千百年来，它们与我们朝夕相处，以近乎超自然的能力解读我们的想法和行为。我们对它们敞开心扉，完全信任它们，与它们分享住处和床铺。它们毫无保留地爱着我们，我们也需要它们的爱。

但我们与爱宠毕竟分属不同物种，生存法则也大相径庭。或许，我们不应该把狗狗当作人来看待。它们当然值得我们尊重和喜爱，但归根结底，狗狗就是狗狗，并不真的是我们最好的朋友，也不是能够看透一切的智者，更不应成为被神化、被膜拜的对象。

无论对宠物的爱有多深，无论与它的关系多么亲密无间，我们都不能忽视身边的人。我独自一人生活，狗狗的陪伴让我十分幸福。但如果把注意力完全集中在狗狗身上，让它成为生活的全部，甚至忘记了身边的人，那就不妙了。经常可以听人提起阿图尔·叔本华的那句名言“自从了解了人，我就爱上了动物”，但这句话只会让我难过。一方面，这让我想到人类对动物的不公待遇；另一方面，我亲眼见过信奉这句话的人满怀失望和厌世情绪，断绝了人际关系，陷入深深的孤苦之中。诚然，人有时候确实很可怕 —— 不仅是对动物，对其他人也同样如此。

甘地说过:“一个民族的伟大程度和它道德上的进步程度，可以从它如何对待动物来判断。”这固然没错，但我们的进步程度是否也应取决于我们如何对待人呢？我们不能以牺牲人的福祉为代价去爱动物。动物可以让我们的爱保持鲜活，是我们与他人交往、融入社会的桥梁。

在我看来，我们的共情心不应该局限于我们自己的物种，而是应当推及整个地球上的所有生灵。

2020—2021年肆虐的新冠病毒很有可能是由蝙蝠传染给人的。这一点让许多人意识到人类世界与动物世界的关联之紧密，也意识到动物的命运与我们人类的命运息息相关。

每当听到科学家的警告“保护动物及其生存空间刻不容缓”，我们往往会不以为意，翻起白眼:“好好好，知道了。有空再说吧。”

直到病毒真正影响到了我们的生活和生计，我们才猛然惊醒。在电视机前，我们漠然地看着因全球变暖而起的森林火灾，看着生长了几千年的大树和数以百万计的动物灰飞烟灭，却往往不为所动。只有当我们的房子也被大火波及、城市被浓烟笼罩，我们才会真正注意到问题的严重性。或者，我们会惊慌地看着暴雨引发山洪，将整个村庄淹没。之前一直被忽视的环境问题突然变得现实而严峻。只有亲历席卷全球的疫情，或者造成了切身伤害的自然灾害，我们才会认真反思自己应当如何与自然相处、用心关爱动物和人。

新冠疫情清楚地表明，人类行为会对气候产生直接影响，包括正面和负面影响。疫情防控期间，航班大量取消、车流量减少，导致温室气体排放量降低，空气质量也显著改善。即使这些变化只是暂时的，也至少让我们看到，这是可以实现的。

在世界各地的热门旅游胜地，环境得到了短暂的休养生息。随着观光游船和游客数量锐减，威尼斯的河水变得清澈见底，能看到鱼儿在水中畅游。世界各地的许多公共空间都重新焕发出自然生机——小草从无人踩踏的砖缝里生长起来。

也许，新冠疫情在带来阴霾之余，也有一些积极的影响。居家隔离期间，家人不得不朝夕相处，这无疑会导致许多冲突和矛盾，但也能让我们体会到家庭和爱的深刻含义。很多人不能去上班、购物、度假、去健身房或参加社团活动，也不能出门下馆子、喝咖啡。也许是平生第一次，我们不得不静下心来思考如何与身边的人和动物相处，如何与自然相处。我们在关爱家人、邻居、同事的时候，也要意识到，与爱宠的情感纽带对我们同样十分重要。与它们相处会让我们更加友善、感情更细腻、更有共情心和人情味。

我期望人们在疫情过后的生活中不要忘记这一点。然而，这恐怕只是我的一厢情愿，因为居家办公时代还余音未绝，动物收容所里就已经挤满了“疫情弃宠”。它们多是隔离期间人们养来打发时间的，现在成了累赘，只能抛弃。

有时候，我们必须历经崩溃，直面黑暗，才会懂得珍视光明。我在哀悼希拉的过程中学到了很多。失去希拉令我十分悲痛，但同时也让我意识到，自己要比想象中更坚强。现在，我开心的日子要多过难受的日子，心中也有希望和光。哀伤之旅艰辛坎坷，但我终于找到了内心的宁静。这并不会减轻哀伤，但让我更能承受哀伤的煎熬，坚持生活下去。我已不能像年轻时一样自由自在地探索世界，但我又能感受到久违的生活之美了。

我永远不会忘记希拉。我心怀爱意向前看，好好生活下去，以此来致敬希拉的生命。我坚信，总有一天，我会与希拉和我的其他狗狗再次相会。我期待那一天的到来。

如果您正身陷失去爱宠的痛苦之中，我想给您提个建议：爱宠死后，不要只顾着悼念它，也要想想抚摸过它的人们，想想它给其他人带来的爱意、欢笑和安慰。还要想想您认识的、爱过的、现在已经不在身边的人。

与爱宠道别的时候，可以轻声对它说："谢谢你。安心去吧。我会永远珍视你与我们共度的时光。"

第二部分

新的开始

另一种生活

“有时应该谨慎，有时也应该勇敢。”这是我最喜欢的电影《死亡诗社》中，英语文学老师约翰·基汀给学生的人生忠告。

希拉死后，我变得非常谨慎，不敢动感情。哀伤令我敏感，易受刺激。我不想再经历一次失去挚爱的折磨，而是专注于在没有爱宠陪伴的生活中汲取积极向上的力量。

我突然自由了——没有了狗狗的束缚，有好多之前做不了的事终于可以做了。我在修道院住了一周，实现了长久以来的愿望。我还游览了许多城市，参加了许多文化活动。预订酒店时，我不必再费心确认是否允许带狗狗入住。去超市购物的时候，我第一次把车停在刺眼的阳光下。锁车的时候，我心里既难过，又觉得松了一口气。多年来，我停车的时候总要寻找荫蔽的停车位，以免留在车内的狗狗发生危险。

没有了照顾生病狗狗的不菲开销，我银行账户里的积蓄逐渐多了起来；但很快，多出来的钱又被我花光了 —— 房屋修缮实在是不能再拖了。

生活变得轻松了不少，虽然我并没有因此开心起来。我失去了所有让我成为我的东西：荒野探索、研究狼和与狼相处的机会，以及希拉。我仿佛只是一具空洞的躯壳，我的人生陷入了停滞。

我怎么会如此狂妄天真，相信自己能够独自一人走出痛苦的深渊？只有在臂弯里亲近那湿润的鼻头和小小的舌头、摸摸小脑袋、与那双深邃的褐色眼睛对视，我的心灵才能得到治愈。

重新开始或者改变现状的意愿源于痛苦或失望。如果我们生活如意，就不会想要改变什么，只有烦恼和苦痛才会让我们警醒。在危急关头，或者生活面临剧变的情况下，我们才会意识到，那些老生常谈的说法都是真的：人生短暂，命运无法掌控，每分每秒都很宝贵。

美国作家约瑟夫·坎贝尔说过："我们必须放弃精心策划的生活，才能拥抱在前方等待我们的精彩人生。"我渐渐准备好重新开始了。是时候勇敢起来了。

再养一只狗狗？

您可以想出很多理由，说服自己养一只新的狗狗。但具体什么时候开始养，则完全取决于你自己。我在本书第一部分提到过，哀伤自有它自己的生命周期，每个人的哀伤都不一样，我们也都会以不同的方式来应对自己的哀伤。与此类似，寻找新的动物伴侣的决定同样因人而异。

爱宠死去后，马上养一只新的狗狗填补那份空虚，听起来似乎很有道理。然而，在大多数情况下，最好还是先花一段时间哀悼爱宠，等待情绪平复，重新准备好敞开心扉、迎接新的家庭成员再说。蕾蒂和希拉死后，我都犯了同样的错误，过早地养了新的狗狗。虽然我最终都全心接纳了新狗狗，与它们幸福地生活在一起，但刚开始的时候，我总是害怕自己的哀伤情绪对它们不利，所以在很长一段时间内我一直封闭着自己，不让它们真正走进我的心灵。

如果将精力和爱转移到另一只宠物身上，以此来压抑负面情绪，那么哀伤并不会消散，而只是被抛在脑后，让走出哀伤的时间延后而已。宠物主人甚至可能会产生一种愧疚感——对新狗狗的爱总是达不到对死去的狗狗那么深。

一般而言，为了逃避哀伤而过早地开始养新宠物，往往是个错误。打个比方：我们通常不会建议一位刚刚失去丈夫的寡妇马上再嫁。

但凡事都有例外。对于一些狗主人来说，也许快些迎来新的狗狗对于平复悲伤有帮助。它可以带来安慰，也能让主人感觉自己能够弥补一些遗憾，例如跟刚刚死去的爱宠在一起时想做却没做的事。

如果您养了不止一只狗狗，就要考虑还活着的狗狗对于新来者会作何反应——是会喜欢它，还是讨厌它呢？有些狗狗会因为同伴的死而非常伤心。这时，您应当优先给它们提供情感支持。给活着的狗狗足够的时间，让它们以自己的方式哀悼同伴的离去。要是它们准备好了迎接新朋友，您会意识到的。

我们深爱的人和动物都是无可替代的。我们可以选择与另一个人、动物、地点或者其他东西建立联结，但我们永远无法替代之前所失去的。我们不能把死去的爱宠换成另一只狗，也无法复制我们与它独一无二的情感联结。与新狗狗的关系必定不可能跟之前的一模一样。但是，新的狗狗可以让我们安放心中的那份爱。对一些人来说，失去狗狗的痛苦实在过于沉重，再也不想经历第二次。他们也许会下定决心不再养宠物，这多少有些令人唏嘘。大多数人还是会意识到，自己想要继续与狗狗一起生活。向一只需要家的狗狗敞开心扉，也是向去世的爱宠留下的回忆致敬。人与爱宠之间的联结非常奇妙，真心喜爱猫猫狗狗的人，也应当在生活中拥有猫猫狗狗。

我准备好了吗?

前面说过，何时开始养新的狗狗完全取决于你自己，并没有正确或错误的时机可言。要想确定自己是不是真的准备好了，你应当认真考虑清楚，什么样的狗狗最适合你，而不要在路上遇到看对眼的流浪狗，就不假思索地带它回家。

开始选择狗狗之前，先要想好你心目中理想狗狗的年龄、性格、活泼程度、体形大小，确定哪些因素是硬性条件，哪些因素可以妥协。什么样的狗狗最适合你当下的生活状态？与养上一只狗的时候相比，你的生活境况是否发生了改变（比如换了工作、多了孩子、变老、退休）？现在，你是否仍有足够的时间、空间和金钱来长久供养一只狗狗？你喜欢什么品种的狗？相同品种的狗狗也许可以在一定程度上“替代”之前的爱犬。或者，你也可以选择完全不同的品种，以免有意无意地把二者放在一起对比。你是想从幼犬开始养起，还是想要已经成年的狗狗，省去从小养到大的麻烦？

你是想从繁育犬舍买一只狗狗，还是从动物收容所领养狗狗？你家里还有其他宠物吗，比如猫咪或者另一只狗？你觉得它们能不能与新来者融洽相处呢？

切记，千万不要给新的狗狗取死去狗狗的名字。想个能够反映其性格和特征的新名字吧。“希拉”在希伯来语中表示歌曲、歌唱、诗歌。我给它取这个名字，是因为它还是只幼犬的时候，但凡有一点不舒服，就总会叫个不停。幸好，过了一阵子它就不再这样了，但这个颇有诗意的名字则一直保留了下来。

不要期望新狗狗一定能像死去的狗狗一样，表现出相同的个性或行为模式，学会相同的东西，做出相同的反应。这种期望是对两只狗狗的不尊重。每只狗都有独一无二的性格，也都会以自己的方式给你带来爱与欢乐。学会欣赏不同狗狗的差异和特质，会让你与新狗狗的相处更加美好。

做个深呼吸，跟着感觉走就好。如果你还是觉得犹豫不定，那就说明还没有准备好养新宠物，这也很正常。也许，可以试试去动物保护协会当志愿者，或者帮助年老或生病的人照料他们的宠物。

两颗心的融合

选择狗狗的时候，要考虑的因素非常多。至于何时开始养新的狗狗，根据我自己的经验，我的建议是：千万别着急，慢慢来，等自己完全准备好再说。

我知道，朋友和好心的家人可能会给您造成不小的压力——他们眼见你身陷哀伤和痛苦，肯定想要做些什么，帮你快点走出阴霾，找回快乐。幸运的话，你“只”会收到一大堆可爱狗狗的图片和视频，这是他们在为你物色“新宠”。要是你比较倒霉，可能有人会直接把一团毛茸茸、软乎乎、活蹦乱跳的小东西塞进你怀里。“喏，给你的，怕你孤单！”看着狗狗那双大大的褐色眼睛、摇成螺旋桨的小尾巴，谁能狠下心来拒绝呢？但是，其实你完全有权对他们说："我知道你们是好心，但我还没有准备好。"养宠物是人生中非常重要的决定，此时考虑你自己的需求完全合理，无可指摘。如果你违背自己的意愿，只是因为不想让对方失望、生气或者感到受伤，而勉强接受了对方的好意，这对你和新狗狗都没有任何好处。

想要与新狗狗建立理想的关系，最好是等你觉得自己走出了对死去狗狗的哀伤，在情绪、经济和身体方面都准备就绪，能够投入一段新的亲密关系，并且想清楚了什么样的狗狗最适合你。

开始养新的狗狗，应当视为对你与上一只爱犬之间的爱、信任和同伴关系的承认。

我知道，我知道。这些建议听起来很棒，但计划往往赶不上变化。我不知从哪听到过一个说法，用在这里很贴切："人类一思考，上帝就发笑。"就算您已经考虑得万分周全，可能也会突然遇到让您动心的狗狗 —— 丘比特开弓射出一箭，你就会把一切考量都抛之脑后，完全跟着感觉走了。

我的串串狗肉丸是被我男友救起来的，否则它必死无疑。当时，肉丸还是一只刚刚出生的幼犬，像个小小的黑色毛线团。它跟兄弟姐妹一起被人装进袋子，扔进了湖里。我男友把它们从水中捞了上来，但很不幸，只有肉丸活了下来。当时，我的生活条件明显不适合养狗——我全职工作，租住在很小的住房里，而且离婚了——但我还是听从自己的直觉，选择留下了它。这一留便是十五年。我们一起经历了许多风雨，也收获了数不清的欢笑。

肉丸去世后，我在很长一段时间内都不想再养狗了。过了将近一年，我才渐渐走出哀伤，做好了再养一只狗狗的准备。之后，在美国一家动物收容所，有一只母拉布拉多令我一见钟情。那便是蕾蒂。它坐在笼子里，次日就要执行注射安乐死。在美国，如果动物收容所里的狗狗经过一段时间还没有被接走或领养，就会让它们接受安乐死。那天，我“偶然”来到那家收容所，走进狗狗们所在的房间，一眼就看到了蕾蒂。我跟它四目相对，催化出了奇妙的化学反应，两颗心似乎开始融为一体。您肯定懂得我的意思。为了让我领养蕾蒂，收容所不得不在一些规定上做了点“变通”。同时，我有位美国朋友是这家收容所的常客，曾在这里领养了许多动物。多亏了她的担保，我才最终领养到了蕾蒂。我跟它情真意切，一直生活在一起。

如果你爱动物，这种“两颗心融为一体”的体验，也许一生只有一两次。这是上天的恩赐。但是，别忘了动物收容所里有数以百万计的猫猫狗狗，它们完全不在乎你的心有没有为它们融化 —— 只要你带它们回家，给它们好的生活，它们就会无比幸福。

爱宠死后，你想花多长时间来哀悼它都行。不过，或许失去爱宠也可以带来一点积极的启示：世界上还有许多动物，等待着你给它一个家。要不要带它回家，由你来决定。

我是不是年纪太大，不适合再养新的狗狗了？

“女王伊丽莎白二世又养了两只柯基。”2021年3月，英国《太阳报》的这篇报道不仅让关注英国王室的人很高兴，也让担心自己年纪太大，不知道还能不能再养新狗狗的人看到了希望。

时年94岁的英国女王从18岁就开始养狗，柯基是她最喜欢的狗狗品种。她与柯基相伴数十年之久，也让自己的柯基繁育了许多后代。她对这种尖耳朵威尔士牧牛犬的爱早已传为佳话。她总共养过大约三十只狗，甚至亲自为一些爱犬设计了墓碑。

2015年夏，89岁的女王表示，柯基犬蒙蒂死后就不想再养新的狗了。

2018年，女王的最后一只柯基犬威洛去世，她决定不再让自己的狗狗继续繁育后代。从那以后，她身边只剩下几只多吉犬，即柯基与腊肠杂交的后代。她的最后一只多吉犬于2020年11月离世。

女王本不想在自己去世后留下小狗独自生活。除此之外，小狗还可能导致女王绊倒摔伤，后果不堪设想。然而，知情人士向《太阳报》透露，在女王丈夫菲利普亲王住院期间，是两只新的小柯基让女王保持心情舒畅。“它们让白金汉宫变得热闹、有活力。”

当然，身为英国女王，宫中肯定有专人为她照顾这么多狗狗、采买狗粮，可能还会有兽医上门服务。但这至少可以体现她对狗狗的深厚情感，以及承认人生还要继续下去的勇气。

希拉死后，我在考虑要不要再养一只狗狗的时候，心里同样很清楚，这很可能是我的最后一只狗了。毕竟，我已经70岁了。虽然我无法想象没有狗狗陪伴的生活，但在现实面前，我不得不做出一些让步，放低自己的期望。我肯定不会从幼犬养起——即使身体条件允许，我在精神上也无法承受养大幼犬的压力。我担心自己缺乏足够的耐心和精力，无法照顾好幼小的生命。

等它长到15岁，从小狗变成老狗，我就已经85岁了。如果一切顺利，我们还可以一起老去，一起慢慢遛弯，颐养天年。但要是我的身体状况不佳，也许在狗狗生命中的很大一部分时间里，我都无法陪它好好运动，也就不能给它提供科学健康的生活条件。此外，从小养大的狗狗很可能会比我活得更久，要是我先走一步，它该怎么办呢？我不能只想着自己的愿望，也要考虑狗狗的需求。

人人都有一只“命中注定”的狗狗或者猫咪。一位75岁的读者写信告诉我，失去自己的卷毛狗让她非常伤心，而她觉得自己年纪太大，不能再养新的狗狗了。“这对新狗狗不公平，因为我自己可能也快要死了。”她写道。

后来，她的一位邻居去世了，她就把邻居的老狗接到自己家里。她打定主意：“我只是暂时照顾一下，很快就会把它送去给人领养。”然而，过了不久，她就再也无法跟它分开了。那只狗狗又陪伴了她四年才最终离去。

当然，即使是年轻人，也可能会突遭不测，留下狗狗独自生活。老人有可能一直身体强健、精力充沛，也有可能下周就突然卧床不起，需要全天陪护。人生总是充满了不确定性，谁都无法预知未来。我希望每个养狗的人都能认真考虑自己比狗狗先走一步的可能性，无论自己和狗狗的年龄如何。

有些动物收容所会拒绝让老年人领养动物。我认得一对富有的退休夫妇，在爱犬死后想要再养一只狗。他们在收容所看中了一只年老、生病的狗狗。夫妇二人住在带有大花园的大房子里，家境殷实，完全负担得起兽医费用。尽管如此，收容所还是以高龄为由拒绝了他们。那只狗狗一直到死都只能待在收容所里。收容所负责人的冷漠无情令我无法理解。

并不是只有年轻体壮、精力旺盛的人才有资格养宠物，只要您觉得自己尚有活力，就完全可以让狗狗拥有幸福的生活。至于您要面临哪些困难和挑战，以及紧急情况下可以在家人或熟人圈子里找谁帮忙，您自己肯定最清楚。①

你可以考虑从动物收容所领养一只老狗。老狗不需要耗费过多精力，而且要求不高，只要能窝在沙发上安享晚年，它就非常满足了。或者，你也可以养一只体形小巧的狗狗，不用费

---

① 详见附录：宠物照护授权书、遗产继承。

劲就能抱起来，也不用花太多钱给它买狗粮。

责 任

养宠物，尤其是养狗狗，责任重大，需要投入大量时间和金钱。许多想要养宠物的人都没能意识到这一点。一旦决定让宠物成为家庭的一员，就需要承担起义务，用心照顾这个新加入的小生命。要是没有做好准备就贸然领养动物，可能会造成很严重的后果。在这个方面，加布里埃尔对我讲述了自己的经历，也算是为我们敲响了警钟：

“当时我还年轻，一个人住。我没养过宠物，但我是跟狗狗一起长大的，所以一直喜欢狗。其实，也许养猫更适合我，但我就是想要养狗。所以，我到本地的动物收容所，找到了一只雪白雪白的可爱小母狗 —— 莉比。

“它总是一副兴奋过度的样子，但我并不介意。我走到哪都会带着它，除非那里不允许带宠物。我回家的时候，它总会带着抑制不住的喜悦迎接我进门，我也很喜欢这一点。它非常黏人、精力旺盛，给我带来了数不尽的欢乐。

“遗憾的是，我需要全职工作来赚生活费，并且几个月后就要开始读大学了。那整个夏天，狗狗大多数时间都独自待在家里，这让我总是良心不安。不上班的时候，我倒是跟它一起经历了许多有趣的冒险，但我知道，这种生活恐怕没法维持下去。

“不久，秋天到了，大学开学了。我的境况没有好转，而是变得更糟糕。在课余时间，我要打两份零工才能赚够房租和生活费。现在，我甚至没有了周末，每周最多只能有一个晚上抽出两小时陪狗狗玩耍一下，然后就得学习、睡觉了。

“莉比不喜欢这种新的生活状态。它开始趁我白天不在家的时候大搞破坏。

“我该怎么办？我不能让它在屋里自由活动，也不想把它整天锁在笼子里。宠物保姆或者狗狗日托服务又太贵，我负担不起。我进而想到，要是莉比病了，需要护理照料，我又该怎么办呢？我真的请不起兽医啊。

“我尝试给它找个新主人，但一无所获。我的朋友要么跟我经济状况差不多，要么住在不让养狗的学生宿舍。我的家人已经养了不少宠物，无暇照顾新的狗狗。于是，我只剩下一个选择。

“我翘了一天课，也向打零工的地方请了假，带上莉比来到我们最喜欢的遛弯小路。我对它表达了深深的歉疚，说一切都怪我——领养它的时候，我并没有做好养宠物的准备。这完全是我的错，莉比没有做错任何事。虽然我并不认为它能听懂我说的话，但我感觉有必要向它解释清楚。

“那天下午，我来到三个月前领养莉比的动物收容所，把莉比还给了他们。那是我一生中最艰难的决定。回家的路上，我哭个不停。接待我的收容所员工里有一位比较友善，对我的处境表示理解，但另一位的态度就没那么好。我能感觉到，她认为我是个完全没有责任心的人。

“这让我非常痛苦，但我已走投无路。这一切已经过去了十三年，但我几乎每天都会想到莉比。有时我可以原谅自己，有时我会深深陷入懊悔和内疚，无法自拔。

“我希望莉比找到了爱它的新主人，可以经常跟主人一起遛弯、玩耍。但我始终无法忘记自己做过的事，偶尔还是会被负罪感淹没。现在，我从收容所领养了三只狗和四只猫，也许我可以在它们身上补偿我亏欠莉比的。”

加布里埃尔得到了教训：养狗绝不是随随便便的决定，而是需要认真研究、计划，为迎接狗狗的到来做好周全准备。照顾

狗狗需要充裕的时间，还要考虑自己的财力，做好预算。可爱的动物让您一见倾心，并不意味着您马上把它带回家。在那之前，还有诸多因素需要您考虑清楚。

养狗是一份重大的责任。您要对狗狗的生命负责，而狗狗会将您看作父母、最好的朋友，以及自己的供养者。在养狗之前，务必要确定您已经充分准备好承担这份责任。

必要的预算

经济问题也是养狗人必须要考虑的问题。你真的能持续多年负担起养狗所需的花销吗？在这个方面，我们往往想得不够周全。来自正规繁育犬舍、品种名贵的幼犬可能会非常昂贵；就算是从收容所领养的狗狗，也需要交纳一笔诚意金。这还只是开始，开销的大头在于持续不断的后续花费。除了狗狗需要的家具和狗粮之外，还要考虑保险和兽医费用。狗狗要是大病一场，花费就会非常惊人。

很多像加布里埃尔这样的年轻人往往会低估宠物带来的经济压力。有些年轻人，自己本来就没多少钱，却想着要“保护动物福祉”，去收容所把狗狗“拯救出来”。但在此之后，他们带着狗狗去看兽医的时候，面对高昂费用就只能傻眼。这种现实的打击往往非常沉重。与此类似，退休金不多的老人面对生病的狗狗同样会陷入两难境地。

好的兽用药品很贵，兽医费用近年来也涨了不少。这是兽医诊所的薪资待遇比以往有所提高，而且专业人才严重短缺的缘故；然而，即便如此，这份待遇也始终与兽医和诊所员工的责任与付出不成正比。而且，兽医的治疗和诊断水准逐渐与面向人的医疗服务看齐。如果狗狗罹患椎间盘突出，主人也不再满足于 X 光照片，而是会选择更准确的磁共振成像（MRI）。麻醉也变得更加复杂、昂贵，但要比以往安全得多。

如今，我们会用更先进（但也更昂贵）的技术来挽救爱宠的生命。要是放在以前，我们面对同样的病症，可能就会放手让爱宠离开了。有时候，主人会以爱之名，不顾宠物的痛苦，自私地延长它的生命 —— 只因为不愿失去伴侣，就让伴侣继续忍受煎熬。而另一方面，也有主人会因为负担不起费用而拒绝必要的治疗。明明有能力却不能施以援手，只能眼睁睁看着动物受苦，这种感受也会给兽医带来不可低估的心理压力。兽医见证死亡的频率是一般医生的五倍。有些兽医会被动物的脆弱和无助所感染，甚至会因此而崩溃。

难怪兽医是自杀率最高的职业之一。

想让狗狗得到好的医疗服务，需要花很多钱。还有体检、驱虫、打疫苗这类要定期做的项目，一只中等体形的狗狗每年要在这方面花费250—300欧元。大手术和复杂诊疗的价格有时令人咋舌，可能会一下子花掉数千欧元。

除此之外，还有狗粮、狗狗学校和各种小东西需要花钱。粗略估计，一只“正常”的狗狗一生中要花费25000到30000欧元。[①]而它一旦生病，这个金额很可能要翻倍。虽然听起来庸俗而不浪漫，但在准备养宠物的时候，钱是不得不考虑的问题。

想要确定自己能否负担起养狗的花销，请审视一下您的总体收支状况。您能承担起宠物保险和兽医费用吗？如果您负担不起狗狗的生活和医疗开支，您就不应该养狗。不过，也许您可以跟亲戚或朋友“共享”一只狗狗，由每个人轮流照顾它，从而分摊花销。

爱宠死后，也有很多人因为各种原因不想再养新的宠物。有些人觉得，要是与另一只狗狗建立情感联结，就是对死去的爱犬不忠。这样的想法很正常。想要克服这种感觉，可以跟新宠

① Finanztest 期刊 9/2021。

物聊聊之前的爱宠，给它看看后者的照片，“介绍”它俩互相认识。也许您会觉得这样挺傻的，但其实这并不奇怪。我们常常想与心爱之人分享过去的事，对于爱宠也同样如此。与新的爱宠开始相处之后，心里对死去的爱宠仍有牵挂是很正常的现象，但要注意避免把两者相比较。新来的狗狗需要一段时间来融入家庭。在这段时间里，它独一无二的个性魅力会逐渐显现出来，与您共同谱写一段充满爱意和忠诚的亲密关系。

有些人尚未走出对爱犬之死的哀伤，觉得自己肯定没办法再经历一次这样的伤痛。我的好友贝贝尔说，她再也不想养宠物了，因为她无法再次承受如此痛彻心扉的悲伤。她觉得，丧失之痛已经把她彻底击倒了。

彼得向我诉说道，他深爱自己的狗狗，但他想要填上爱宠的死在自己心中留下的空洞，并且觉得这份空虚必须得到填补。他并不打算主动去寻找新的狗狗，但如果真遇到了合适的，就会领养一只。

我的建议是：如果您走出哀伤之后想要再养一只狗狗，首先

要冷静下来，理智、周全地考虑各种因素，尤其是最基础的外部环境和经济状况。考虑清楚之后，您就可以踏上追寻希望的冒险之旅了。别害怕，跟着自己的感觉走就好。也许情况很难完美符合预期，您也可能会犯错误，但归根结底，您都肩负着对另一个生灵的责任。您一定要与它一起好好生活下去。福至心灵。

与狗狗“相亲”

现在，我终于准备好了接纳一只新狗狗进入我的心灵。这份期许给我灰暗的生活带来了一缕光明，让我对前路有了信心。

我的想法是，养一只年老和／或生病的狗狗，让它幸福地度过生命中的最后几年、几个月，甚至几天也好。但我身边的人对此表示强烈反对：“希拉死的时候，看你痛苦得不得了，你真的愿意一两年之后再经历一次这种痛苦吗？”

是的，我愿意。有何不可？活到这个岁数，早年的朋友和同学接连去世，我们总会慢慢习惯离别。年老的宠物可以让我们对此做好心理准备。

世界上有无数狗狗需要一个温暖的家。我们不能只关注活蹦乱跳的小狗，老狗的生命也有价值；不应当只是因为狗狗老了病了，剩下的时日无多，就不愿意领养它。用心去爱生命临近终点的老狗，并不是“无用功”。

我们应当感激宠物对我们的爱，感激它们陪伴我们的每分每秒。尽管失去爱宠令人无比痛苦，但它们教会了我们怎样无私地去爱，如何用心生活，把每一天都过得精彩充实，有尊严地老去、有尊严地迎接死亡。爱宠在一生中给我们带来了数不尽的欢乐，要是我们一味沉浸在对它们死去的哀伤中无法自拔，就是辜负了它们的爱。要是想对死去的爱宠致敬，我们可以带上它们给予的爱，把爱传递给另一只需要帮助的狗狗。我想让希拉给我的爱在另一只狗狗身上延续下去；我不在乎它有多老，也不在乎这份爱能够持续多久。

我知道自己想要什么样的狗狗：体形不能太大，最好小巧一些，这样我无论去哪都可以带在身边，甚至可以一起坐火车去参加读书会。我不想养幼犬，也不想养动不动就尖声叫唤，或者狂吠不停的狗。我只想要像毛绒玩具一样的可爱小狗，可以一起窝在沙发上看日落。我的愿望就是这么简单。然而，人生难如意 —— 您可能也猜到了，后来的事与我的计划大相径庭。

我告诉朋友和熟人，我想养只新的狗狗，并且倾向于领养。然后我就收到了一大堆邮件、照片、网址链接。我怀着兴奋又犹豫的心情，点开一张张照片，浏览各家动物保护机构和动物收容所的网页。我仿佛是在相亲。

照片和网页看得越多，我就越觉得气馁 —— 有这么多狗狗想要拥有一个家，它们以祈求的目光看着镜头，好像是在说："带我走吧！"要是我只领养其中一只，就相当于抛弃了所有其他狗狗。这让我根本没办法做出决定。

我开始以怀疑、批判的目光审视一切。这么多我不认识的机构，要怎么确定哪家才是正规可靠的呢？还是说，这个行业鱼龙混杂，根本无从判断？我细致入微地研究每一只狗狗，想知道自己最终会选择与哪一只共同生活，也想看看机构对于狗狗自身和它的过去都透露了哪些信息。我产生了一种印象，似乎机构希望每一只狗狗都能尽快得到领养。当时，我对"动物救助"这个领域了解尚浅，觉得这些机构应该会花时间去评估狗狗是否真的适合领养人。然而，让领养人与狗狗互相认识、建立信任并非易事，要是领养人来自国外，那就更难了。另一方面，待领养的狗狗实在太多，也会导致机构“生意”繁忙，难以把工作做细。

不断涌入的推荐信息让我疲于应对，只能一股脑地拒绝掉所有建议。大家推荐的许多狗狗都与希拉颇有几分相似，势必会勾起太多回忆。而其他狗狗都没法让我动心。我老了，实在不想勉强自己养一只“不合拍”的狗狗。我很快就会认识到：人生路上，我们得到的往往并不是自己想要的，而是自己需要的。

最近几周，我越来越能放下对希拉的思念了。我洗掉了它的狗狗小床，上面再也没有它的味道了。我还擦掉了希拉在厨房玻璃门上留下的鼻头印，从而抹去了它在世界上的最后一点痕迹。在我心里，我心爱的希拉让到一旁，给新的狗狗腾出地方。

我相信，希拉会在冥冥之中提醒我关注种种迹象，指引我找到对的狗狗。我找到一本旧相册，里面记录了我在美国新墨西哥州圣塔菲市度过的时光。那时，我跟爱犬肉丸住在沙漠里一座小小的土房子里。每天早上，邻居家的狗狗帕洛米洛都会过来串门，跟肉丸一起玩耍，叼走我给的早餐饼干，陪我们出门遛弯。这只小家伙征服了我的心：长长的身子，罗圈小短腿，金灿灿的长毛，可爱的折耳，总会开心地偏着小脑袋，用惹人怜爱的目光看着你，令你无法抗拒。那是1986年的事。

时隔35年的今天，我打开电脑，看到一封好友科琳娜发来的邮件，里面附了一张来自罗马尼亚动物福利组织的狗狗照片。然而，照片上的狗狗完全出乎我的意料 —— 科琳娜发来的竟然不是我之前喜欢的大只金毛拉布拉多，而是一只长着罗圈小短腿，体态酷似柯基的混种小母狗，长得简直跟帕洛米洛一模一样。小家伙趴在钢丝运狗笼里，琥珀色的眼睛空洞地望向远方，那哀伤而绝望的目光深深打动了我。它似乎已经放弃了抗争，任由命运摆布。好在它的命运实在非常幸运。

不久前，它被捕狗人无情地捉住，送到公立安乐死机构。两周之后，它就会跟其他无人领养的狗狗一起被杀死，以便给新来的狗狗腾出空间。①

它之所以能活下来，要多亏一位年轻的罗马尼亚女士。她每周两次前往当地安乐死机构，为她认为尚有希望得到领养的狗狗拍摄照片和视频，然后发给德国动物保护组织和动物收容所。有一次，她在一群大型犬中发现了这只被欺负的可怜小狗。她担心小家伙在这种情况下凶多吉少，于是把它挑出来运往德国。在疫苗接种证上，它的名字是“金发美眉”。它接受了绝育、

① 详见附录：来自国外救助机构的狗狗。

植入了芯片、接种了疫苗，即将被运往一家德国动物托管机构。

在德国，动物托管机构需要在兽医主管部门登记注册，还要获得相应批准，才能托管来自国外的狗狗，供人领养。这才是正规、合法的领养途径。我在此不便详述网络上数量庞大的非法领养中介，以及瞒天过海，把带病、社会化不足的狗狗给人领养的缺德事。很遗憾，这样的事情越来越多了。

科琳娜有位朋友在德国石荷州动物救助机构工作。

“我知道，它不是你原本想找的狗狗。”她说，“但它真的很棒，值得拥有一个温暖的家。过来看看它吧！不必觉得有压力，要是它确实不合你心意，你也不一定要带它走。”她补充道，“有意领养它的人不少呢。”

他们是不是学过什么销售心理技巧？诱人的照片，加上无条件“退货”的承诺，实在令人难以抗拒。

不过，无论这是不是圈套，我都已经跳进去了——我已无可救药地爱上了这个小家伙。难道我要因为它的外表不符合预期而拒绝它，像退掉尺码不合适的鞋子一样把它退回去不成？对我来说，原本就没有合适的尺码可言。我并不是要选美，更重要的是内在品质——而我对这个小家伙的内心世界还一无所知。

它的体形相对小巧，以我的年纪，能轻松带在身边。不同于重达25公斤的拉布拉多犬，我可以把这只小狗轻松抱上汽车、带上火车、带进餐馆。这让我觉得很安心。一切都恰到好处。我决定给这小家伙一次机会。

不过，我得给它起个新名字。在公共场合大叫“金发美眉，过来！”感觉实在挺傻的。一天晚上，我梦到了希拉，脑海中突然浮现出一个合适的名字：希望。无论是对小家伙，还是对我来说，这个名字都象征着崭新的开始。

大家都知道坠入爱河的感觉：我们想要理性地做决定，但到最后总会跟着感觉走，或者说听从自己的内心。我当时也是这样。尽管照片上那只小狗狗没有让我的心为之融化，但依然一瞬间就征服了我。当时，我完全没有料到领养小希望会给我带来什么。就这样，我糊里糊涂地迎来了一生中最大的变数。

我的希望

经历了哀伤和绝望，小希望让我重新看到了希望。心理学家、希望理论研究者查尔斯·理查德·斯奈德将希望称为“心中的彩虹”。它“就像一块棱镜，将五颜六色的光洒向四面八方”①。

希望与乐观的不同点在于，我们往往在认为自己难以左右最终结果的情况下，才会强调希望。面对困境，心怀希望的人不会乱了阵脚，而是会保持灵活开放的心态，积极寻找最佳解决方案。

---

① https://emotionen-info.de/2018/03/04/hoffnung/，访问时间 2021 年 10 月 30 日。

奥地利心理学家维克多·埃米尔·弗兰克尔是犹太人大屠杀亲历者，曾辗转四座集中营，幸而得以生还。他对“希望心理学”的发展做出了重要贡献。他认为，面对苦难，我们应当借助希望的强大力量渡过难关，在细微之处不懈追寻生命的意义和美。对我来说，希拉死后，这只罗圈腿小狗狗就是我急需的那一抹生命之美，是治愈我心灵的妙方。

2021年3月，我驱车北上，驶向海边，准备接走小希望。当时的我精疲力竭，对于崭新开始的企盼让我连续几个晚上都睡不着觉。只要我把小希望揽入怀中，想必就能彻底放下希拉了吧。我把狗碗和狗狗小床都装上了车。

启程前夜，我睡觉之前，心里想道：“好几个月以来，家里一直静悄悄、空荡荡的。而今晚，将是家里最后一个没有狗狗的晚上。”我的记忆倏然闪回到2020年8月，眼泪也随之决堤。我想起了与希拉度过的最后一晚，它柔软的毛、呼吸时身体的起伏，以及我破碎的心。而今晚又是一个“最后一晚”，只是我不必再为此流泪。

次日，在旅途上，我思绪万千。想到自己曾多次驾车带着希拉走过这条路，去拜访朋友或者去丹麦度假，奔涌而出的情感一下子把我淹没。我感到期待的喜悦，但更多的是恐惧。我这样做，究竟对不对？

我对这只狗狗和它迄今为止的生活一无所知，只知道它大概五岁，曾是街上的流浪狗，后来被抓走关了起来。我该怎样跟它打交道呢？它都经历了什么？它的经历是否给它造成了精神创伤？领养会让它离开熟悉的环境，而它已经学会了如何在那样的环境中生存下来。但是，如果继续让它留在那里，它最后依然免不了被安乐死。我领养它，是在救它的命，仅此而已。

在接近七小时的车程中，高速公路上没多少车。这对我来说很幸运 —— 我的注意力严重涣散，不得不在休息区停下来许多次，理清自己的思绪。我的状态很糟糕。我突然不敢再养一只狗了 —— 那样的话，我就得照顾它一辈子。我跟希拉像是一对老夫老妻，已经完全习惯了与对方相处，而现在，一切只能从头开始。与上一次从头开始时相比，我老了好多。我还有足够的精力吗？况且，这还是一只来自外国、被动物救助机构“解救”出来的狗狗，大家普遍认为它们很麻烦、难以相处。

面对这关乎人生走向的重要决定，我突然感到恐惧。过去的我可不是这样。我没有以前那么勇敢了。我会考虑很久，犹豫不决，还常常退缩反悔，害怕自己做出错误的决定。在领养小希望这件事上，我面临的挑战要比换工作、买车甚至搬家重大得多——它是一个活生生的生灵，而我要照顾它一辈子。

我又一次在服务区停下，点了一杯卡布奇诺，开始深呼吸。“振作起来！”我对自己说道，“想一想，你在之前的人生里多勇敢啊。即使面临艰难境况，你也东山再起了好几次。现在虽然年纪大了，你也不能𡒄啊！”我平静了一些，也坚强了一些。整理好情绪，我继续驾车北上。

与此同时，小希望正与其他即将被领养的同伴一道，从公立动物收容所转移到一家私立动物收容所，位于罗马尼亚特兰西瓦尼亚地区兰克拉姆（锡布斯）镇。在那里，它暂时安全无忧。

我到了朋友家里，等着与小希望见面，心急得不得了。我又收到了一张新照片：照片里是一个敞着门的破旧板条箱，箱子底板上铺了一条红毯子，小家伙就坐在上面。这是我第一次看到它迷人的全貌。它的小短腿比我想象中还要短得多，长着茂密蓬松的金毛，前胸的毛色较浅，耳朵上的毛在某处缠结起来，那是之前它被捉住、经过绝育后被打上耳标的地方，现在耳标已经去除。它浅褐色的眼睛里透出平静的目光。

我试着通过这张照片与小希望建立精神上的联结。我在心里迎接它走进我的生活，对它讲述我自己和希拉的情况，以及来到新家有哪些值得期待的事。“别害怕，”我悄声对它说，“很快，一切都会好起来啦！”

过了几天，小希望终于启程了。一辆运输车载着58只狗（！）从罗马尼亚驶向德国。狗狗们在层层叠放的运输箱中度过了漫长的24小时，最终抵达德国石荷州一家动物救助机构，准备由工作人员交给各自的领养人。在那里，小希望洗了个澡（后来我才知道，它当时“臭不可闻”），吃了点东西，然后终于得以睡上一觉。

在此期间，我完全处于神经质状态，在心中问了无数遍，自己做得究竟对不对。现在，领养小希望已成定局，我却突然丧失了勇气。我还懂得怎么养狗吗？我能好好对待它吗？我有什么权利强行让它脱离原本的生活？也许它就喜欢在街上流浪呢？而且，在罗马尼亚，有些有主人的狗狗也会被偷偷捉走。小希望会不会是这种情况呢？会不会有一家人正在焦急地等它回家？它会不会是某个孩子的亲密玩伴，甚至是某位老人生活的全部意义？它在家乡会不会有一群玩得好的狗狗伙伴，现在只能想念它们？

当然了，恐怕绝大多数外国流浪狗都没有一般德国家庭养的狗狗过得好。然而，许多家养狗狗都被拴着狗绳，仿佛被关在金笼子里，失去了或许是最重要的东西：独立与自由。不过，它们究竟懂不懂独立与自由的意义呢？我对小希望可能的过往想得越多，越是思考我对它都做了些什么，我就越觉得自己变成了可怕的怪物。我怎能如此自大，去替它评判什么样的生活算是“好的生活”？

其实，领养小希望并不完全是我自己的决定。甚至可以说，是别人逼我做出了这个决定。毕竟，小希望实际上只有两条路可走：要么在罗马尼亚被安乐死，要么在德国被人领养。其他可能性都只存在于幻想之中。罗马尼亚法律和捕狗人彻底剥夺了它们自由奔跑的机会。

我将不得不带着小希望的回忆和可能存在的精神创伤生活下去。它们是小希望的一部分。我只能尝试尽量给小希望最好的生活，尊重它的独立。这便是我的决定。

小希望的到来

2021年3月14日，我正式领养了这只来自罗马尼亚的小狗狗。工作人员把小家伙放在我手里时，它惊恐万分。为了以防万一，它套着一副防挣脱胸背带，与普通胸背带相比，在腹部多绕了一道，以免它惊慌之下挣脱出来，造成危险。我总算亲眼见到了小希望。我对它的第一印象是，它是一只惹人喜爱的小母狗，长着茂密的金毛和一条漂亮、蓬松的长尾巴。初次见到我的时候，它把尾巴紧紧夹在肚子下面。它折耳上的毛向各个方向胡乱奓开。（彩图最后一页收录了两张小希望的照片。）

我看着它的小脸，强忍着同情的泪。它由于害怕而瞪大双眼，眼珠子几乎都要掉出来了。它四下张望，惊慌地寻找逃跑路线。我搂着它，让它紧贴在我胸前。它的身子很软和，暖乎乎的，可以感觉到它的心跳得飞快。

接下来，我还得交费、接收由机构移交给我的责任协议书和疫苗接种证。办完这些手续之后，就是我跟小希望独处的时间了。一边是惊恐不安的小母狗，一边是同样不知所措的女主人，我俩倒是颇有些共同之处。

回到朋友家中，我把小希望放在一个大号狗狗篮子里。小家伙马上就往枕头下面钻，想要藏起来。这个篮子属于朋友的马利诺斯犬纳努克，我非常庆幸有它陪在我们身边。接下来的几天里，纳努克成了小希望最好的伙伴。它总是沉稳、安宁、平和，给小希望带来弥足珍贵的安全感。在温柔的纳努克身边，小希望总是十分放松，但一旦有人在屋里走动，它就会陷入恐慌，躲藏起来。

现在，最艰难的适应期开始了。对小家伙来说，任何动作、触摸甚至眼神接触都是一种折磨。为了让它接纳我待在身边，我尝试了很多办法。一开始，我会在不远处坐下，安静地看书或者用电脑，侧身或者背对它，从而尽量避免让它觉得受到威胁，就这样每天坐上好几个小时。我学会了享受跟它在一起的时光，学会了尊重它想要保持距离的意愿。每次经过它身边的时候，我都会留下一块小饼干。这样，它就会把我跟好事情联系到一起。培养感情的事急不来，只能顺其自然。

它很害怕食盆，所以我刚开始只能用手一点一点喂它吃东西。后来，我终于第一次看到它主动走向厨房里的小碗。它动作小心翼翼、极其缓慢，一直在警惕地四下张望。我只稍微动了一动，它就吓了一跳，准备撒腿就跑。也许，它从来没能安安稳稳地吃过一顿饭。

大体上说，刚开始的时候，我的所有动作总是尽可能轻柔、缓慢。我会深呼吸、放空头脑、让自己放松下来。我听从内心本能，以及多年以来研究狼的心得。跟野狼打交道的规矩，想必也适用于流浪狗吧 —— 不打招呼，不盯着看，不上手摸（好吧，对野狼来说，最后一条本来也不太现实）。

晚上，我把小希望的篮子放在我床边。它喜欢那张软和的小床，睡在上面的时候，它尚能容忍我待在旁边。我一天到晚都陪在它身边，却只能努力克制住跟它亲近的冲动。它应该能慢慢意识到，我对它并没有威胁。我相信，在不久的将来，我有的是时间可以抚摸、拥抱、亲近它。我耐心等它做好准备。

对小希望来说，过度的关注意味着压力。我得假装忽视它的存在，但这完全背离了我的本性 —— 我只要看到惊恐不安的小生灵，就只想把它搂进怀里，对它保证，从现在开始，一切都会好起来的。

我承认，头两周里，我不止一次对领养小希望的决定产生怀疑。我从没想到，这“新的生活”会如此令我心力交瘁。我本以为，既然养过蕾蒂，我应该对来自动物收容所、心怀恐惧的狗狗有一定的经验才对。蕾蒂一开始的时候也很害怕街道、汽车、楼梯和其他许多东西，但后来都好了。为什么赢得小希望的信任就这么难呢？

迎来新狗狗的兴奋和喜悦逐渐转变成挫败和失落。在许多个晚上，我都用枕头捂着脸痛哭。我羞愧，因为是我强行让它脱离早已习惯的生活环境；我绝望，因为不管怎么做都没有用；我失望，因为我们俩没能一开始就成为合拍的伴侣；我难过，因为我辜负了对自己的期望。但我最强烈的情感，还是对这只可怜狗狗感到同情。在小希望不长的生命中，它已经经历了太多的痛苦和恐怖。从被捉住到被我领养，它对这一切混乱的经历完全无能为力。走近它时，看到它惊慌地瞪大双眼，我感觉很糟糕。我怎么会如此失败?

这段时间里，我难免会常常想起希拉。与记忆中的希拉一对比，小希望的表现更是令我深受打击。它完全不亲近我，反而看见我稍有动作就惊恐万状，想要逃命。我对自己很失望，怀疑自己是不是失去了爱的能力。

落空的期望。难以承受的负担。进两步，退一步。这可不是我想要的“新的开始”。眼看现实与憧憬大相径庭，想到希拉的离去，我再次陷入深深的难过。

然而，接下来的几天里，我却注意到了一些细微的迹象，这点燃了我心中的希望: 我靠近小希望的时候，它不再把尾巴紧紧夹在肚子下面，而是放松地垂下来，甚至有时候会谨慎地摇一摇，像是举起小旗子跟我打招呼。它会好奇地竖起耳朵，而不是害怕地把耳朵折起来。最触动我的，是我第一次看见它睡得很香的样子。这也许是它一生中第一次真正彻底放松的睡眠，至少也是近期以来的第一次。即使我在身边，它也能沉沉入睡，这表明它终于开始信任我了。信任就像幼嫩的新苗，尽管无比脆弱，但只要有一线生机，就总能生根发芽。小希望迈出了勇敢的一步，告别过往，迎来新的开始。这真是上天的恩赐。然而，对我来说，迈出这一步却十分艰难。

终于，我想通了，不再坚持最初对它的期待。在这段关系中，最重要的并不是满足我自己的愿望，而是尊重并接纳小希望的个性和过往经历。也许，小希望会教会我怎样原原本本地接纳一切事物，包括动物、人和境况，坦然接受命运的安排。

经过三周的适应期，我带着小希望告别了朋友，回到黑森州的家中。在那里，我们即将迎来共同的新生活。

领养历险记

在此之前，我从未打算过从国外动物保护机构领养狗狗。我对此毫无经验，而且觉得不了解那些狗狗的背景，心里没把握。德国的动物收容所里已经有为数众多的可怜狗狗需要家，我却选择从外国领养，这合适吗？我的这种“救助”会不会导致更多狗狗被捉进收容所，甚至故意“制造”出更多小奶狗供人领养？非法犬只贸易生意红火，从外国把狗狗运到德国的趋势日益加剧。突然闯入这个陌生领域，一大堆问题让我慌了手脚。

思前想后，我最在意的问题是小希望的过去。我对它此前的生活一无所知，全靠猜测。我的小希望究竟是怎样的一只狗狗？

小流浪，你是谁?

介绍小希望的时候，对方只是告诉我，它是一只“流浪狗”。听到这个词，我只能联想到网上那些可怕的照片和视频——饱受虐待折磨的狗狗，把人类视为痛苦的根源，有些流浪狗永远也不会再信任人类。另一方面，我也听说有些狗狗生来就独立自主，不需要也不想要与人接触。据说，五岁的小希望从出生起就一直在外流浪。真的吗？要真是这样的话，我要怎么与它相处呢?

我开始查资料。有一本书对我理解小希望的内心世界帮助很大。在此，我想把它推荐给每一位领养了流浪狗的主人:《小流浪！欧洲流浪狗生活纪实》[①]。作者斯蒂凡·基尔霍夫开着他的大众面包车，带着相机，在欧洲南部和东南部游历了三个月，记录当地流浪狗的生活。他最感兴趣的是小流浪们真实的生活状态、行为举止和社交关系，以及它们如何解决问题、制定生存策略。这本书展现了流浪狗生活中鲜为人知的一面，为我填补

---

① 斯蒂凡·基尔霍夫：《小流浪！欧洲流浪狗生活纪实》，基诺斯出版社，2014 年。

了长期以来的认知空白。

我了解到，很难断定一只狗狗是否真的是流浪狗。要是小希望确实是小流浪，那它也许离群索居，也许是跟一群狗狗一起生活。也许它原本有主人，但是走丢了，或者被遗弃甚至拐走了。再或者，它也许有家，只是会离家玩耍，一走就是几个小时甚至几天，然后又会自己回去，只是这次再也没能回家罢了。流浪狗的身世和生活方式非常多样，这些只是众多可能性中的一小部分。

小希望刚来到我身边的时候，对很多事物都感到害怕：人，尤其是穿深色衣服的男人、门、靴子、关上门的房间、黑暗和噪声。但它并不是那种一惊一乍的狗狗，一害怕就只会躲到角落叫唤。有些主人表示，自己领养的狗狗会有上述表现。但我总觉得，救助机构不应该优先选择这样的狗狗带回德国给人领养才对。

小希望还很怕汽车，尤其是农机、卡车之类又大又吵的车辆。第一次带它去看兽医的时候，我终于知道了背后的原因。X光片显示，小希望的四条腿很可能都在幼年时断过。难怪它的罗圈腿格外弯曲。至于它是遭遇了事故，还是被人蓄意伤害过，这将是小希望永远的秘密。它的伤没有得到治疗，断骨都是自行愈合的，而右后腿的断骨长好的时候略有错位，所以这条腿要短一些，导致它走路一瘸一拐。兽医估计，等它老了可能要一直吃止痛药，还要定期做理疗。对它来说，凡是需要跳跃的玩耍和运动都是禁忌，比如参加狗狗障碍赛、跃上较高的台阶，甚至跳上沙发，它都做不到。长时间散步遛弯倒是没问题，这也能帮它提高耐力、锻炼肌肉。也就是说，我像其他许多领养带病宠物的主人一样，也养了一只残疾狗狗。我实在难以想象它承受着怎样的痛苦折磨。日复一日，我对小家伙的钦佩和敬意越来越深。

不过，除此之外，它身上没有其他明显伤痕，也许说明它与人类和其他狗狗的相处不算太糟。毕竟，我们才认识两天，它就允许我小心地为它耳朵上的大洞涂抹药膏。在当时的情况下，这份信任无比珍贵，让我非常高兴，也给了我莫大的希望。

总的来说，小希望一开始非常拘谨，但不久就习惯了新生活和新主人。它总是保持着高度紧张的体态，仔细观察周围环境，随时准备逃走。我把小饼干扔给它，它先是远远地看着，直到觉得安全了，才会伸长小身子，以迅雷不及掩耳之势叼走饼干，然后马上躲到角落开吃。它不爱待在屋里，最喜欢在花园趴着。这些也是大家普遍认为流浪狗具备的特质。

这些情况都还算意料之中，我都能接受。但是，有些时候，小希望的表现着实令我泄气。

就在我们回家的那天，小希望就把我吓了一大跳。刚到家不久，我用一根轻细的狗绳把它拴在花园里，在一旁看它好奇地四下探索。它跑到一丛灌木后面，然后突然不见了。

我本以为我家围栏围得很严实，狗狗应该出不去才对。显然，我错了。花园外面是一条交通繁忙的马路，所以我一下子就慌了，大喊:“小希望跑出去了！”于是，几位邻居也来帮我一起找狗。我一边呼喊，一边摇晃着饼干罐子，想引它出来。但我们一无所获。

突然，我看到它了！ 它就坐在围栏另一侧邻居家的花园里，开心地摇着尾巴。看样子，它是用小身子顶开了邻居家的铁丝网，从围栏中间硬生生挤了过去。幸运的是，它似乎对重获自由兴趣不大，还是更喜欢跟我这个新主人待在一起。我马上翻过围栏，把它搂进怀里，长舒了一口气，然后带它回家。这次，它对我的亲昵没有意见。第二天，我修好了破洞，加固了整道围栏。现在，我的花园堪称固若金汤。

一开始，它很不喜欢套着笨重的防挣脱胸背带遛弯。我也一样。它会在原地磨蹭好几分钟，竖起耳朵，四下嗅探观察，确定安全之后才肯跟我走。

出门遛弯的时候，有时它会突然屁股一沉，赖着不走，无论我怎么拉曳，它自岿然不动。一旁的狗友打趣道:“难怪它腿这么弯！”

我会给它足够的时间，也想多多磨炼自己的耐心，等它准备好了才会继续上路。这不像遛狗，更像是站岗。要是有什么东西让它特别害怕，比如路边草地上出现了牛或者马，它无论如何都不想往前走了，我就会把它抱在怀里，带它逃离“危险”。这会给它安全感，帮它克服恐惧。

光有爱，还不够

就这样，我跟这个害怕的小生灵开始了新生活。我努力想要做对每一件事，但却一败再败。我自诩养狗经验丰富，现在却对自己非常失望。我过去几十年的经验主要都来自拉布拉多犬，它们天性亲人，我无论怎么做都不会犯错。

被解救的流浪狗则完全不一样。每当我以为小希望终于开始信任我了，就总会出些幺蛾子，让一切从零开始。哇！它终于让我摸它了！它会在地上打滚，对我露出肚皮了！它会从我手上接过小饼干了！然而，我在厨房做饭时不小心把锅掉在地上，就会把它吓得炸奓毛，一下子蹿到角落躲起来。它瞪大的眼睛里满是惊恐，一整天都不敢挪动一步。

这种挫败已经成了我新的日常。有时候，小希望前一天已经熟练掌握的事，第二天就忘得精光。恐惧像是一片挥之不去的阴影，时刻笼罩着它。

有时候，我感觉小家伙每天晚上都会在睡梦中清空“硬盘”，早上起来就成了白纸一张，我又得从头开始教它各种事情。绝望之下，我看了一部电影：《初恋50次》。影片中，男主角爱上了女主角，而她遭遇车祸，患上一种奇怪的失忆症，一觉醒来就会忘记前一天发生的一切。小希望也是这样吗？它也会每晚把一切忘光，每天早上都要重新学习、重新建立信任吗？

每当我快要陷入绝望，我都会提醒自己，它才刚刚来到我身边而已。据其他领养了流浪狗的主人说，他们的狗狗用了几个月甚至几年才适应新生活，有些狗狗甚至始终无法适应。我和小希望的进度虽然很慢，但日复一日，总归有些小小进步。

出门遛弯的时候，小希望很少回应我的呼唤。它往往会无视我的存在，而是把注意力放在“更重要”的东西上，到处看、到处嗅。它只有在认为值得理会我的时候，也就是我赏给它美味食物的时候，才会把关注转向我。驯犬师推荐的技巧也许适用于“正常”狗狗，但对小希望来说，这类技巧大多没用。要是它在野外遇到野兔或野鹿，我估计即使我拿香喷喷的牛排在它鼻子前面晃，或者试图通过任何其他方式转移它的注意力，都只是徒劳。无论我怎么做，它都会死死盯住眼前的“威胁”不放。这样的情况发生了很多次，让我大受打击。直到我静下心来，换位思考，我才想明白，这只是反映了它在流浪中养成的独立自主的生活方式。听从人的命令并不是那种生活的一部分。除此之外，或许在它以前的流浪生活中，人的引诱和呼喊都意味着被捉走的危险。

在家时，小希望的表现与在外时很不一样。只要奖励得当（香肠或者奶酪块），一切都很顺利。小希望在很短时间内就适应了新环境，学东西也很快。对于许多东西，比如车上的狗笼子、电梯、人群、火车和巴士，小希望一开始很害怕，但最后都在我的帮助下克服了恐惧。有时候，为了它的幸福，我不得不谨慎地逼它一下。它愿意信任我，即使面对害怕的情况，只要有我的支持，它就能克服恐惧。这让我深受触动。它就像一头小狮子，一点一点征服着身边的世界。而我始终陪在它身边。

就这样，我与小希望的新生活磕磕绊绊地开始了。我不断收到读者发来的电子邮件和信件，让我感到莫大的支持和鼓舞。大家在我的博客上追踪小希望的故事，与我分享他们与自己领养的流浪狗的生活经验。我深受触动。从大家的讲述中，我看到了之前从未了解过的全新世界。我向每一位领养流浪狗的主人致以最高敬意。在许多邮件里，我都看到了小希望的影子。我由衷感谢大家给我的支持，让我知道自己的遭遇并不孤单。

一些读者感到很绝望，因为事情的发展与他们预料和期望的完全不同。和我一样，他们也曾拥有过“正常”的爱犬，甚至从幼犬开始养起。而对于领养流浪狗带来的一系列问题，他们也完全没有做好准备。这其实很正常。毕竟，我们是人，又不是精确无误的机器。

不过，在您觉得压力难以承受的时候，不要轻易言弃。面对这种境况，感到绝望再正常不过了。试试再多坚持一会儿吧——

保持勇敢，不要放弃这份爱。也许您和狗狗会慢慢适应对方。要是您确信与狗狗实在合不来，可以联系领养中介机构，请他们帮狗狗找到合适的新去处。正规机构都能提供这种服务，并会与您签订相应合同。您已经尽力了，完全不必自责。人人都会犯错误，这很正常，毕竟人非圣贤，并且与流浪狗相处本就困难重重。

诚然，救助动物很重要，但人的福祉同样不容忽视。如果领养流浪狗令主人不堪重负、生活难以为继，这对狗和人都没有任何好处。

最近，我遛狗时遇到了一位牵着坎高犬的女士。看到狗狗身上的防挣脱胸背带，我就猜到，她也跟我一样，是从国外领养了流浪狗的主人。她想必也猜到了我的情况，我们很自然地聊了起来。

“你的狗狗真漂亮，是从哪儿来的？”

“罗马尼亚。”

“我这只也是。你们相处得怎么样？”

“现在还算马马虎虎吧。”

这位女士给我讲了她的故事。她之前从未养过狗，是机缘巧合之下，在网上看到了一只幼犬的照片，一下子就爱上了它。

“它真可爱呀！”

那张照片来自一家私人领养中介机构。工作人员对她说，这只小狗狗急需一个家，否则就会被安乐死。她表示自己没有养狗经验，对方安慰道:“没关系的，它很适合家养。”于是，这位女士自己开车来到罗马尼亚，接这只小狗狗回家。在此之后，她就再也联系不上这家机构了，对方的电话已停机。

随着狗狗慢慢长大，问题也逐渐显现出来。这只“可爱小狗”开始不让任何人进屋，冲动起来连狗绳都牵不住。有懂狗的朋友提醒她，这是一只坎高犬，属于护卫能力极强的牧羊犬。在坎高犬的家乡土耳其，它们主要负责保护牧群免受狼和熊的袭击。它们生活非常独立，在牧群中也很少与人接触——所谓“很适合家养”，根本就是无稽之谈。

直到那时，她才开始通过书本、影片、讲座了解这一犬种，并着手加固院子和花园的围栏。她说:“我从来没想过要抛弃它。”

我遇到她俩时，这只坎高犬已经七岁了，她的生活也被搅得天翻地覆。“我相信，它要是在罗马尼亚山区跟其他狗狗一起生活，会过得更幸福。那种符合坎高犬天性的生活，我永远也给不了它。”她做出了令人唏嘘的决定，“我再也不会从救助机构领养狗狗了。”

这家机构的行为非常恶劣，会抹黑整个外国流浪狗救助行业的形象，让真正负责的正规动物救助机构的努力付诸东流。

对面临安乐死的流浪动物出手相救固然高尚，但想要真正拯救它们，光有一颗好心还远远不够。爱毕竟不是万能的。事实上，被救助的流浪动物有许多迫切需求，而“爱”的优先级恐怕相当靠后。它们首先需要安宁、耐心和时间，最后才需要被爱。我得把爱藏在心底，留到最后，而要首先满足小希望的迫切需求。我真能做到这一点吗？

说到底，我爱不爱小希望并不重要，它需要的是精神上和物质上的支持。同样，同情和怜悯对它来说意义也不大，况且现在它已经不再受苦，也就没有理由再对它抱以同情和怜悯了。它很幸运，能够跟我一起开启新的生活。而要专注于新的开始，就要放下过去。现在，小希望需要的是理解和共情。看着它以抑制不住的快乐迎接新生活，我对它的这份勇气感到非常骄傲。它终于重新建立起了信任，看到我时会流露出发自内心的喜悦。

对“感恩”的迷思

“啊！ 它本来是要被安乐死的，你把它救下来了？”最近遛狗时，有个狗主人这样问我。“真厉害！ 这样的话，它肯定很感激你。”他对我投来惊羡的目光。也许，在他看来，被我“拯救”的小希望现在成了我最恭顺的追随者，对我满心崇拜和感恩。我不用说话，它就能通过眼神读懂我的意图，并乖乖照办。

“现在你在奶奶家里可享福喽，是吧？”他向小希望弯下腰去，吓得它直往后跳。我只能牵着它赶紧向前走。

聊天的时候，其他人经常提到这种“流浪狗的感恩”。说实话，我从没想过这一点。人得有多傲慢自大，才会期望自己救下的狗狗对自己心怀感恩？ 为什么小希望要感激我呢？ 因为我救了它的命吗？ 因为它现在坐在我家沙发上，而不是浪迹街头吗？ 因为它现在要被狗绳牵着才能出门，再也不能跟狗狗同伴一起自在嬉闹了，所以它就要感激我？ 在我看来，反倒是我应当心怀感激，因为我得以见证一只被虐待、被遗弃的狗狗重新焕发出生命的光彩。与它一起生活，教会了我共情和温良，让我成为更好的人。

认为狗狗应当为被救而感恩，这个想法让我想到无数父母对子女说过的一句话:“我为你做了那么多……”这样的父母会为子女竭尽心力，并期望子女能够照顾、赡养自己，报答养育之恩。这份强加的期望其实非常沉重。

我们做某件事的理由，应当是我们自己想要这样做。我们之所以决定从救助机构领养狗狗，是因为我们想要拯救它、想要给它更好的生活；但也是因为我们感到孤独、觉得自己是个好人，或者想要积德行善。我们领养狗狗的时候，从来没有问过它的意见——它自己到底想不想被拯救呢？突然之间，狗狗的余生就变成由我们来负责了。

这些被救助的流浪狗对我们没有任何亏欠，反倒是我们深深地亏欠了它们，因为它们之所以身陷困境需要拯救，原本就是我们人类害的。而我们把狗狗“救出来”，其实只不过是让它们从一个“地狱”来到另一个“地狱”而已——它们又被关了起来，被迫待在自己并不想待的地方。我们狂妄自大地替它们决定，什么才是“好的生活”。这相当于对狗狗强行灌输我们自己的观点，强迫它们遵照我们的意愿行事。狗狗其实理应对我们感到愤怒才对。我们应当理解并尊重它们的“不知感恩”。我们对爱宠的亏欠之深，一百辈子都不足以弥补。

我永远无法确知，小希望跟我一起生活到底快不快乐。我原原本本地接受最本真的它，尊重它的独特个性，不期望它感激我救了它的命。要是它在家里感到安全、舒适，我会为它而开心。

这只罗圈腿的小家伙赢得了我最大的尊重。我为小希望教给我的一切而深深地感激它。我甚至觉得，自己在这个伟大的生灵面前感到谦卑而恭顺。

如果您打算从救助机构领养狗狗，我想从自身经验出发，给您提一些我认为很重要的建议：务必先把所有事项都了解透彻，然后再开始。您可以找些相关的书来看，或者跟其他领养了流浪狗的主人聊一聊。最重要的是，尽可能全面深入地了解您将来的狗狗伴侣。切记只能通过正规机构领养，千万不要从网上直接跟人联系领养——仔细想想，您真的敢信任网上的陌生人吗？此外，不要指望把狗狗接回家之后，一切就能顺风顺水、称心如意。情况有可能比您预想的要糟糕得多，我与小希望的生活已经算是非常幸运了。您可以尽量多跟狗狗相处互动。我跟小希望几乎一天到晚都待在一起，我认为只有这样才能跟它建立情感联结，真正认识并了解对方。

每个主人都要找到与爱犬独一无二的相处之道，这一点上没有放之四海而皆准的攻略可言。每一只狗狗都各不相同。失去爱宠之后，要是您想重新开始，我最重要的建议是：不要着急，要给您自己和新的狗狗伴侣足够长的时间，耐心陪伴它，以适合它的节奏一同探索世界。即使您选择从繁育犬舍购买新的狗狗，这一点也同样适用；而要是您决定领养流浪狗，这一点更是至关重要。

如果您从救助机构领养流浪狗，请务必做好心理准备，很可能要经过数周、数月甚至数年，它才能真正信任您。让它好好休息，给它定下规律的日程安排。不要强行跟它亲近，学会保持距离，但要始终陪伴在它身边——要是狗狗终于鼓起勇气想要亲近您，可不要错过了机会。看到曾经冷若冰霜的流浪狗终于满怀信任，摇着尾巴向您奔来的时候，那份快乐简直无与伦比。

您无法为狗狗改变世界，但您可以通过耐心和共情，帮助它重新过上正常的生活。

与其他狗狗相比，您更容易“读懂”流浪狗的感受，看出它为何而苦恼、是不是压力太大。比如说，您肯定很想把它搂在怀里，保护它免受一切伤害，但这样对它并没有好处。这不仅容易给它带来巨大的心理压力，还会夺走它的尊严，实际上是对它的不尊重。

当然，要是狗狗自发与您亲近，寻求您的支持和帮助，以便度过这段对它来说难以适应的时光，那就另当别论。这种情况下，请您全力支持它。这是您和狗狗在共同成长之路上迈出的一大步。

在与小希望的相处过程中，我重新学会了一些早已生疏甚至丢掉的宝贵品质：无限耐心，不设期望，放下防备，展露软肋。小希望对我同样没有特别的期望可言。它竟然只过了几个月就如此信任我，我把这视为上天的恩赐。

我从一位读者那里学来了一种感恩仪式。安德丽亚在信中写到，她每天早上起床后，都会到睡篮边轻轻抚摸爱犬，说一声：“有你在，真好。”我很喜欢这个做法。当然，除了狗狗之外，这对家人也同样适用。

读大家的来信和邮件时，有一点深深触动了我。许多人领养了不止一只狗狗，而是同时养了很多只，甚至包括年老或病重的狗狗。我承认，我向来只会同时养一只狗，因为我实在受不住两只甚至三只狗带来的压力。然而，听到大家的故事，我开始相信那个流传甚广的说法：养两只狗尽管需要付出双倍精力，但也会带来双倍快乐。

对安德丽亚、卡特琳、安雅、卡琳，以及其他所有给我写信、发来邮件的读者，我想说：我对大家的非凡付出和对动物的大爱表示深深的敬佩。

我们生活的世界有阴暗的一面，动物被残忍虐待、杀害的事一直在发生。甚至不只是在国外，这样的事在德国国内同样屡见不鲜。但这个世界同样充满善心和共情，有许许多多人在为减轻世间苦难而不懈努力。我们无法改变世界，也无法拯救每一个受难的灵魂。但对小希望们来说，我们确确实实有所作为，彻底改变了它们的生活轨迹。我远非完美，但在有些事情上，也许我终归是做对了。或许，这也是我老了，开始用另一双眼睛看世界的缘故 —— 那是一双琥珀色的眼睛，属于一只来自罗马尼亚的罗圈腿小狗狗，眼神里充满勇气、信任和对生活的热爱。

小希望的秘密

刚刚决定领养小希望的时候，我很担心自己不能全心全意地爱它，因为希拉依然占据着我的心。当初送别蕾蒂、迎来希拉的时候，我也有同样的顾虑。而现在，我相信，喜爱动物的我们都有一颗很大的心，即使真要装满了，也总能再撑大一些。

突然之间，我心中的爱又回来了。我的心再次变得温暖起来，也扩大了几分。这份新鲜萌生的爱意只为小希望而苏醒，并没有夺走一丝一毫我对其他人和狗狗的爱。阿克塞尔、肉丸、蕾蒂和希拉在我心中挤了一挤，给小希望让出了位置。在我这里，它终于找到了真正的家。

小希望的到来让我的生活恢复了些许平衡。自从希拉死后，我再也没能完全找回平衡。对我和小希望来说，新生活是一种双赢：我把它从死亡的边缘救了回来，而它也把我从绝望的困境中救了出来。它教会了我如何接纳，如何原原本本地爱一个生灵，爱它最本真的模样。

当然，我时不时也会对领养小希望的决定产生怀疑。而每一次，我的心总会再次做出相同的选择。仅仅半年之后，我们关系的进展之大令人难以置信。它已经几乎变成了一只“正常”的狗狗，甚至称得上是理想的宠物狗。它从一开始就不会在屋里大小便，总是安静地待着，不会瞎胡闹、弄坏东西。而现在，它更是成了我完美的旅行伴侣。它会安静地待在酒店房间里，不会搞破坏；在餐馆里，它总是乖乖地趴在桌子下面。我办读书会和研讨会的时候，它就在我身边的毯子上呼呼大睡。

有时候，一些诱因还是会触发小希望可怕的回忆，吓得它惊恐地钻进睡篮。但过不了多久，它又会摇着尾巴，屁颠屁颠地跑过来要抱抱。渐渐地，在小希望被吓到的时候，我不会再因为同情“可怜”的它而陷入纠结和焦虑，而是会给它时间，让它以自己的方式面对吓到自己的诱因，处理好自己的情绪。只要我给它足够的安全感，它就能够平复下来。当它需要我的时候，我总是陪在它身边。相互信赖是我俩关系的基石。小希望不是我最初想要的狗狗，却恰恰是我最需要的狗狗。

尽管小希望过往的遭遇不堪回首，它却有一种深入灵魂的平和气质。这份平和，我一直求之不得。它究竟是怎么做到的？它有怎样的秘密？似乎，它对生活没有多高的追求，只是简单地存在着。

小希望知道，想要幸福快乐，只需要很少的东西就够了。它热爱生活，常常沉醉于自然之美。盛开的花朵、窸窣作响的树叶、雨后积起的水洼、小爬虫、蝴蝶和飞蛾、落在草地上的鸟儿，在它眼中都充满无穷无尽的神奇魅力。而与此同时，在我眼中，沉浸在快乐中的小希望同样放射着生命的异彩。

小希望的性格非常独立。我不一定是它世界的中心。我很高兴能看着它逐渐成长起来，慢慢建立起对世界的信任。我学会了躲到幕后，不再把自己看得那么重要，不再试图掌控一切，而是懂得适时放手，相信它能够自己探索出一条路，自己走进我的心灵。

小希望教会了我很多：耐心、接纳、成为真正的灵魂伴侣。

它刚来到我身边的时候，我感觉自己或许永远不能真正亲昵地抚摸它，或者亲吻它的小嘴，也认定我们的关系会相对冷淡，彼此无欲无求，只是共处一室，偶尔对视一眼罢了。等到我终于艰难地接受了这一点，一切却突然变得不一样了——奇迹般地，它给我的爱骤然激增，让我始料未及。

现在，它喜欢到处撒欢，还会打个滚仰面朝天，让我把脸埋在它肚子上。它会摇头摆尾地来舔我鼻子。我们会并排躺在客厅地毯上，靠在一起小睡。我看着它沉睡的样子，想象它都看到过什么、经历过什么。我很庆幸它现在跟我在一起，安然无恙。

小希望刚来到我身边的时候，有许多情况让我很气愤——我恨这些小生命在罗马尼亚糟糕的生存状况，恨那些让它如此恐惧的人，也恨语焉不详的领养中介，让我无法详细了解小希望的情况，也就无法更好地帮助它。在这个方面，斯蒂凡·基尔霍夫提供的狗狗身世分析服务对我很有帮助——只需填写一张调查问卷，加上其他一些信息（生物学信息、年龄、首次疫苗注

射情况、来自什么地区等），他就可以对小希望以前的生活给出大致推测，并为它做个“性格侧写”。

据他分析，小希望应该没有长期被关着或者拴着，但也并非一出生就是流浪狗、一直过着自力更生的流浪生活，毕竟它很快就习惯了跟我一起住在家里。它的耳标痕迹表明，它确实在外生活过一段时间，在此期间曾被捕捉、绝育、登记在册，然后又被放归。基尔霍夫认为，小希望曾经有过主人，是养在屋外的看门狗，而主人偶尔会为它解开链子，让它自己去玩。不过，他警告说，许多外国流浪狗在被领养后，行为模式可能会有所变化。

虽然小希望大多数时候都很温顺友好，但是最近，它遇到一些狗狗时会突然暴躁起来，拽着狗绳横冲直撞。不过我相信，只要有足够的信心，再找个好的驯犬师，这个问题总能解决。无论如何，跟它在一起的生活肯定不会无聊。

现在，我总算对小家伙可能的身世心里有了数。我很庆幸它并不是“纯正”的流浪狗，也更能理解和接受它的行为了。至于它在生命头五年里到底经历过什么，将继续是它永远的秘密。不过，在未来的无尽可能面前，过去的事其实无关紧要。

它总是那么开心，每天都能把快乐传递给我。比如，它会绕着花园一圈又一圈地跑，就只是这样欢快、充满活力地跑着，别的什么也不做。晚上，它会把它所有的玩具、毯子、枕头拖到一起，堆成一堆，然后打个呵欠，扑到上面倒头就睡。有时候，我会幻视到希拉出现在它旁边，摇着尾巴说:“你们俩处得真不错！”

爱与失去相生相伴。人终有一死，只有当我们无可挽回地失去心中所爱，才能真正理解爱的真谛。只有懂得丧失之痛，我们才能与身边的人共情。痛苦将教会我们恭顺，让坚冰般的心重新变得柔软，让我们成为更好的人。想要试探试探自己，深入了解自己是个怎样的人，就试试养只狗吧。

要衡量我们的人生有没有价值，唯一有意义的标准是：我们对其他人产生了多少积极影响，无论是通过有意识的行动，还是无意识的榜样作用。无论是以鼓舞的话语为绝望者带来希望、记住对方的生日，还是不吝赞许，让对方开心一笑 —— 一点一滴的友善之举，都有可能改变对方的人生。

连小希望这样一只小狗狗，都能以信任和快乐为我树立榜样，让我的人生变得更美好。因此，世间没有渺小的生命，每个生灵都同样伟大。生命的奥秘是万千奇迹的源泉。正是这生命的奇迹，让我们不枉来世间走一遭。

致　谢

我衷心感谢审稿人杰西卡·海因，她在艰难时期给了我极大的理解和耐心。我也十分感谢代理人乌韦·诺依玛，他替我忙前忙后，打通了许多门路。

还有其他许多人和狗狗为这本书贡献了自己的力量。在此，我要特别感谢那些四条腿的小帮手：

爱尔兰猎梗“亨利”—— 它在主人乌尔里克·斯特拉特－波尔茨校对本书时乖乖陪着她，并以共同的生活经历给她带来灵感。

澳大利亚牧羊犬“斯派克”和“达蒙”—— 它们陪伴主人谭雅·卡朋特初次审阅本书。

平毛寻回猎犬“黛西女士”—— 它启发主人萨宾娜 · 芙拉冬 - 瓦格纳为本书绘制了插画。

马利诺斯犬“纳努克”—— 它帮主人科琳娜 · 科尼尔森选中了小希望，并在小希望刚刚迎来新生活的头几天里一直守护在它身旁，给它急需的安心和安全感。

我最感谢的还是各位读者，以及大家对《老狗的智慧》一书的评论与反馈。大家踊跃分享自己与爱犬的生活经历，与我一起流泪，也一起欢笑。

在我内心深处，我对陪伴过我的毛孩子们始终深怀感激。它们让我的生命变得无比充实。我期待着在彩虹的彼端与它们重逢。

附录

殡葬方式

狗狗去世后，该怎么安葬它呢?

这个问题，您最好趁爱宠还在世时就早早考虑清楚。妥善处置爱宠的遗体，不仅反映了我们对这段亲密关系的尊重，也反映了我们对自己的尊重。

要是您在爱宠死后才开始筹备葬礼或者寻找火葬场，在巨大的悲痛和压力下，您可能很难把事情办好。此外，要是仓促做决定，而不多花些时间“货比三家”，可能会花很多冤枉钱。所以，不要等到爱宠死去，最好提前很久就了解清楚这些事项，做好必要准备。近几年，宠物殡葬的形式变得越发多样，我在此介绍一些主流选项。

由兽医带走遗体

首先讲讲我们最不喜欢，但有时难以避免的情况：在爱宠接受安乐死之后，让它留在兽医那里；或者，如果爱宠在家去世，把它的遗体交给兽医。

兽医会将爱宠遗体送到动物尸体无害化处理机构。在那里，它会与其他动物尸体一起经过高压灭菌和脱水处理，重量仅剩原来的三分之一左右，然后作为危险废物被焚烧处理。一直有传言称，这些动物尸体会被加工成肥皂或润滑油脂，但其实并不会这样。许多兽医也会与宠物火葬场或宠物殡葬师合作处理遗体。

这种告别方式往往让人很难接受，会在悲伤之外带来强烈的愧疚感。请不要过分责怪自己，而是要告诉自己，您已经尽力了，在您面临的具体情境下，这已经是最佳选择。

埋葬在自家花园里

爱宠死后，我们肯定都想好好安葬它，但直接去林子里找个风水宝地给它挖个墓，显然行不通。至于在德国允许怎么做、禁止怎么做，可以参见德国《动物副产品清除法》（*Tier-NebG*）。该法禁止将宠物埋葬在树林或公园。

此外，该法也不允许将宠物遗体作为生活垃圾或湿垃圾丢弃，或者通过堆肥法处置。狗狗主人往往不会这样处理爱宠遗体，但有些小型宠物的主人可能会图个方便，直接把昔日忠诚的朋友扔进垃圾堆。这不仅在道德和良心上似乎有些过不去，在德国更是涉嫌违法。

不过，如果满足以下前提条件，您可以把死去的爱宠埋葬在自家花园里：

※ 埋葬地点不得位于饮用水水源保护区或自然保护区内。

※ 埋葬地点必须与地皮边界或公共道路保持至少两米距离。

※ 埋葬深度至少50厘米。

※ 埋葬地点所在地皮必须归您所有，而不能是租赁而来。

※ 宠物死因不能是有申报义务的疾病（例如弓形虫病或肺结核）。

法律对骨灰的处置方式没有限制。您可以将爱宠的骨灰带回家，保存在骨灰盒里，也可以抛撒或埋葬。

宠物墓地

要是无法将爱宠带回家，也可以把它安葬在公共宠物墓地。德国约有120个这样的墓地，有的无人照护、日渐荒废，有的风景如画、有专人用心管理。

您可以选择多种安葬方式，例如无名墓穴、集体合葬墓穴、联排墓穴、单穴、双穴或多穴墓等。

不同宠物墓地提供的安葬方式和价格都不尽相同，所以应当多花些心思仔细比价。对于大丹犬之类体形特别大的狗狗，可能一只犬就要占用双穴墓，价格自然也就更高。对于预算不高的主人，许多宠物墓地都可以提供无名墓穴的选项，例如将爱宠埋葬在一片开满鲜花的草地里。

安葬狗狗的费用为100—300欧元，可能还要加上数百欧元的墓穴租赁、墓碑定制、绿化造景等费用。

火　化

不是每个人都想看到昔日朝夕相伴的爱宠躺在棺材里的样

子，也不是每个人都有足够的时间和金钱，持续多年为爱宠打理坟墓。所以，火化也是个不错的选择。许多兽医会与火葬机构合作，由这些机构带走宠物遗体，火化后再将骨灰盒送回来。当然，也可以像我一样，自己把爱宠带去火葬场，送它最后一程。

即使选择火化，主人也难逃艰难抉择——是单独火化，还是与其他宠物遗体一起集体火化？在火化炉中，遗体将在1,400至1,800摄氏度的高温下充分燃烧，剩下的只有不可燃的无机钙化合物，即骨灰。待骨灰冷却后，工作人员将其从炉中取出，按您的要求装进骨灰盒或者其他容器。您可以把骨灰撒在火葬场里的指定区域，也可以把它埋葬或带回家。

火化服务和骨灰盒都要花钱，有时还需要承担运输费用。宠物殡葬公司会提供各种各样的骨灰盒，材质有陶瓷的、木头的、玻璃的或铜的，还可以附带装饰花纹或个性化刻字。要是想把骨灰盒埋在宠物墓地，又会产生一笔费用。火化费用则取决于宠物体重和火化方式。

许多宠物火葬场和宠物殡葬公司敏锐地捕捉到了市场需求，提供全天候一条龙服务，包括带走爱宠遗体、提供骨灰盒、安排灵堂和告别室、提供哀伤陪伴和心理咨询，以及许多其他服务。

海　葬

现在，宠物的殡葬形式逐渐与人看齐，越来越多的主人为爱宠选择海葬。一些殡葬公司甚至可以让主人自己死后也与爱宠葬在同一片海域、同一个坐标。

热气球葬

甚至可以让爱宠的骨灰乘热气球升空。驾驶员会操纵热气球飞到适当的空域和高度，然后让骨灰随风飘散。主人会收到一份证书，上面记录了播撒位置的确切坐标。

人宠合葬

许多主人都想与爱宠葬在一起。德国已经有一些墓地可以实现这个愿望。工作人员会将狗狗的骨灰盒葬在主人的墓中，且往往不会收取额外费用。一些墓地还提供家庭合葬墓，主人、配偶和许多宠物可以在此相伴长眠。

冷冻保存、制作标本、克隆

许多人不想与离世的爱宠分开，希望它们能长久留在身边。以下几种方式可以满足这种愿望：

与人一样，宠物遗体也可以冷冻保存，以尽可能长期维持原貌。这种方式在美国特别流行。

动物标本师常为猎物制作标本，但宠物标本的需求正日益增加。

一些主人还会考虑克隆自己的爱犬。克隆服务的价格十分高昂，但主人可以得到一只基因序列和相关性状几乎完全相同的狗狗。在德国，克隆宠物的做法还不是很普遍。克隆并不违法，只是很贵。

骨灰钻石、水晶封装

宠物骨灰可以制成钻石留作纪念。服务商会通过特殊工艺，从爱宠的部分骨灰或毛发中提取碳，在高压下培育形成钻石毛坯，然后按照客户要求切割打磨成型，制成最终的钻石饰品。我很喜欢这个理念 —— 让昔日爱宠化作精致首饰，时刻戴在身上陪伴自己。然而，这种“钻石葬”的价钱实在非常昂贵，大多数人恐怕只能望而却步。取决于克拉数，一颗骨灰钻石要花费3,000至18,000欧元。

另一种方法则相对便宜：将少量骨灰或毛发封装在水晶玻璃中，制成摆件或饰品。

虚拟墓地

近年来，越来越多的宠物主人不再办真正的葬礼，而是将爱宠“安葬”在互联网上的虚拟墓地中，为它竖立一块“电子墓碑”。

主人可以通过电子邮件将墓志铭、狗狗名字、生日和忌日发给虚拟墓地网站。不过，这种信息完全可以匿名或以假名发送，所以虚拟墓碑上写的话往往不甚严肃。例如，有一只名叫赛普的“巴伐利亚战犬”，主人在它的虚拟墓碑上写道：“老腊肠皮，回头见！”

哀伤五阶段

瑞士裔美国精神科医生伊丽莎白·库伯勒—罗丝博士提出的“哀伤五阶段”理论，旨在帮助我们应对丧失之痛，好好生活下去。我们可以根据这个框架研判自己的情绪状态，但它并不能为哀伤过程划定明确的、线性的时间线。并不是每个人都会完整地经历每个阶段，各个阶段也不一定会按顺序到来，某个阶段的持续时间可能会比另一个阶段长得多。但这些情绪早晚都会来袭，一味抗拒并没有意义，唯有平和地接纳它们，完整经历过各个阶段，才能真正放下。

这五个阶段是:

否认、震惊、不相信

愤怒、内疚

讨价还价

消沉

接受、新的开始

否认、震惊、不相信

面对爱宠的死，我们的第一反应往往是：不相信这是真的。在突如其来的丧失面前（例如突发事故），我们通常会处于震惊或恍惚状态，拒绝接受现实，盼望爱犬下一秒就会从转角现身，开心地向我们跑来，仿佛一切都只是一场噩梦，我们只想快点醒来。

无论爱犬因何而死，这个阶段往往都会让我们感觉很不真实。不过，这种自我保护机制让我们能够在丧失的突然袭击下站稳脚跟、理清思绪，总归是很有好处。这个阶段往往比较短，很快就会过去。

愤怒、内疚

等我们终于开始认清现实，汹涌的情绪往往会决堤而出，哭泣和恼怒都很正常。我们能够完全掌控狗狗生活、时刻关心照顾它的阶段突然告终，只剩下空虚、无助和绝望。在这种情况下，感到愤怒再正常不过了。

每一个与爱宠之死有关的人，无论其关联多么牵强，都可能会成为我们迁怒的替罪羊。第一个“受害者”往往是直接参与诊疗或安乐死的兽医。兽医也许毫无罪过，但我们已经无法理性思考，会对身边的每一个人生气，也会对自己生气——因为我们做过某些事，或者没来得及做某些事。

我们甚至会对死去的爱犬生气：“它应该乖乖跟在我脚边的，干吗非要往马路上跑啊？”

当爱犬的生命戛然而止，我们可能会在巨大的精神压力下失去理智，难辨对错。这份怒火也可能指向我们自己，导致我们因为自己的“过错”而陷入内疚。

内疚感表明，我们觉得自己没有尽到义务、没做好该做的事。世事难料，我们只是凡人，没法掌控一切，只能接纳自己

的失误 —— 人非圣贤，孰能无过？

要是我们不得不让爱宠接受安乐死，这种内疚感往往会特别强烈，难以承受。我们会想：真的不能再等一等吗？或者：我们是不是决定得太晚了，让爱犬白白承受了更长时间的痛苦？

这种内疚感往往来得没有道理，但也并不绝对。在某些情况下，我们确实“理应”感到内疚。不过，我们究竟想被内疚感纠缠多久呢？我们迟早要直面自己的内心，开始关爱自己、宽恕自己。要是让爱犬来评判的话，它也许早就原谅我们了。

讨价还价

身陷刻骨哀伤，我们的思绪往往混乱如麻，逻辑和道理是讲不通的。我们会不惜一切代价，试图摆脱痛苦折磨，让乱作一团的生活恢复往日的秩序。我们会渴望时光倒流，迷失于空想之中：“要是当时这样那样就好了……”

我们往往会以天真幼稚的心态寻求达成某种“协议”，让临终的爱宠活下来，或者让死去的爱宠重返人间。我们会决心成为一个正直、无私的人，以此来换取爱宠活下去。许多人会寄希望于超脱凡俗之上、掌管生死命运的“更高力量”能够改变主意，逆转已经发生或即将发生的悲剧。有人会选择祈祷——如果上天看到了我们的一片诚心，也许就会大发慈悲，施展小小的奇迹？我们知道，奇迹真的会发生。纵观古今，不可能成为可能的例子屡见不鲜。这就意味着，奇迹当然也有概率发生在我们身上。我们就会开始讨价还价："上天啊，要是贝罗能好起来，健康地回到家里，我就一定会加倍用心关爱它、照顾它，多多带它出门遛弯……"

在这个阶段，压抑和否认会以许多方式影响我们的思维。我们该如何应对呢？最好的办法是不要抗拒，而是坦然接纳这些情绪，直到自己真正准备好面对现实。在那之前，我们必须对自己保持宽容和耐心。

消　沉

人生中的重大变故会导致压力。我们的情感力量会大大减弱，关注的似乎只剩下爱犬的死，以及我们自己的痛苦。生活会充满难以承受的煎熬和悲伤。在这个阶段，我们只想逃避世界，一个人沉浸在苦海之中。我们的自我价值感会跌到最低点，对一切都漠不关心。丧失之痛变得非常私密，我们不想再与其他任何人分享。我们的心灵缩回了自我保护机制筑起的堡垒之中。

我们一定要容忍、接纳自己的消沉。当生活发生剧变，我们也要做好心理准备：在一段时间里，我们可能会与往常的自己大相径庭。

只要熬过消沉期，我们就能看到摆脱痛苦的希望 —— 自从爱宠死后，在哀伤之旅的黑暗隧道尽头，终于出现了第一缕亮光。

接受、新的开始

接受并不意味着一下子就全盘接受一切。我们只需要接受此时此刻正在发生的事，以及当下的情绪。我们的情绪也许会像过山车一样疯狂，时而愤怒、恐惧，时而冷漠无情，时而瘫坐在地上抽噎。展望未来，我们会陷入恐慌：没有了爱宠，我们真的还能快乐起来吗?

在长期的哀伤和试图改变现状的无谓挣扎中，我们总有一天会被折磨得精疲力竭，不得不停下来。这既是放弃，也是放手。现在，我们终于可以开始治愈自己了。

我们都背诵过:凡事都有定期，天下万物都有定时。哭有时，笑有时;保存有时，舍弃有时。这是哀伤的最终阶段，是我们内心的成长和疗愈。我们可以摆脱痛苦，但让记忆依然鲜活。

与爱宠的相处经历是上天的恩赐，充盈了我们的人生。现在，我们要用心过好自己的生活，成为更好的人，以此向爱宠致敬。

宠物照护授权书、遗产继承

要是无亲属的宠物主人独自迁居养老院或者不幸去世，宠物的归属往往不甚明确。根据德国动物保护协会的调查，在这种情况下，大多数宠物只能被送进动物收容所。对宠物来说，失去主人的悲伤加上生活环境的骤变，会给它们带来巨大的精神压力，对猫猫狗狗而言更是如此。

想要未雨绸缪，在自己重病或去世的情况下由信任的人接走爱宠，德国动物保护协会建议拟定一份宠物照护授权书。以下模板可供您参考：

请将这份授权书装在文件袋或信封里，不要封口，放在屋里容易拿到的地方。此外，还请在钱包或手袋里随身带一张便条，写上受托方的信息和联系方式，并说明:“如果我遭遇不测，请立即通知受托方。”

还请给授权书附上一份说明，写清楚每只宠物喜欢吃什么、有何要特别注意的地方。

确保狗狗在主人死后继续得到供养

要是我比爱宠先走一步，该怎么办？我能不能让狗狗继承一部分遗产，确保它在我死后也能生活无忧？许多主人都有这样的疑问。

在德国，动物不能继承遗产，只有人可以（德国《民法典》第1922条第1款）。不过，也有一些方法可以让爱宠间接受惠于您的遗产。比如，您可以立下遗嘱，要求继承人或受遗赠人履行特定义务，例如照护您的狗狗，方可继承遗产（德国《民法典》第1940条）。该法有专门的规定（第2193、2194条），确保此类附加义务得到履行。如果您想对受托人施加更大的压力，可以为遗产继承或遗赠行为设定推迟或取消条件（德国《民法典》第2075条）。设定这些限制条件是为您的爱宠着想。要是

宠物照护授权书

委托方:

本人 ___________，居住地 ___________，特此授权，若本人因身体或精神原因而永久性失能或死亡，则由以下个人/机构（下称受托方）全权照护本人宠物:

宠物: ____
宠物: ____

本人允许受托方或由其全权委托的第三方出于照护本人宠物之目的，进入本人位于 ____ 之住所，以带走所述宠物及相关物品（如证件、兽医处方等），并尽快妥善安置所述宠物。

受托方:

姓名: ____
地址: ____
电话/电子邮箱: ____________________________________

（签署地）（日期）（签名）

受托人未能满足条件，就无法获得任何遗产。

要是您财产较多，也可以通过遗嘱捐赠设立基金会（德国《民法典》第83条），用于供养您的爱宠，并将此基金会指定为唯一继承人。不过，您需要满足德国《民法典》第80条及后续条文规定的前提要求：该基金会应拥有足够的最低资本金，确保在满足基金会活动支出需要的情况下，净资产不低于原始基金。

来自国外救助机构的狗狗

早些年，“来自国外救助机构的狗狗”（Auslandstiershutzhund）这个概念在德国还比较陌生。多数人都会从本地动物收容所领养狗狗，或者直接从繁育犬舍购买狗狗。而现在，从国外领养流浪狗似乎蔚然成风。

欧洲各地都有许多流浪狗或“半散养”的家犬在街头生活，主要食物来源是爱心人士的投喂。这样的共生关系往往能够达成和谐、融洽的平衡 —— 只要国家不插手干预，试图通过大规模捕捉和捕杀来解决流浪狗过多的“问题”。此外，流浪动物可以带来不小的利益，所以有关方面并不想真正破解这个困局。动物保护法规一直难以落实，动物保护工作者的绝育后放归

(TNR) 和宣传教育工作也举步维艰。

被捉走的流浪狗会被关在公立动物收容所，而那里的状况堪称灾难。违反动物保护法的虐待和残杀屡见不鲜，网上可以搜到很多相关案例。爱心人士往往对这些狗狗的痛苦感同身受，从而很想从这些收容所领养狗狗，把它们“解救”出来。德国动物保护协会的工作人员和志愿者会来到现场协助工作，但这些外国收容所往往太过拥挤，无论他们多么努力，悲剧总是难以避免。大多数外国动物收容所都本分负责，但依然有不少害群之马嗅到了罪恶的商机。最近，越来越多的新闻报道称，在罗马尼亚等地，有动物收容所人员从狗妈妈身边夺走嗷嗷待哺的幼犬，把它们卖掉。遭此厄运的不光是流浪狗，也有从私家花园或院子里抓走的家养犬。

幼犬眼神中深切的哀伤、暗无天日的命运、近在眼前的死亡——看到这些惨状，谁能无动于衷?

在各个社交媒体平台上，每天都有人为急需救助的动物发布求助消息，请求好心人捐款为它们“赎身”。德国动物保护机构明确警告爱心人士，不要轻信这类网络募捐和领养信息。在捐款之前，务必仔细考察发布者的身份资质，确定此人或机构真的能保证动物得到妥善救助和领养。只有狗狗来到用心关爱它的人家中，才能说它真正得救。在很多案例中，爱心人士花大价钱为狗狗“赎身”后，狗狗只是被丢到罗马尼亚某个穷乡僻壤，任其自生自灭。

从国外领养狗狗还有一大隐患：狗狗可能会把一系列主要流行于地中海沿岸地区的传染病带到德国，例如利什曼病、巴贝虫病、埃里希体病、莱姆病、恶丝虫病、人畜共患型肝病、贾第鞭毛虫病、蠕形螨病等。这些疾病的病程各异，往往不会表现出明显症状，所以狗狗有时并不会经过检疫，直接宣称检疫合格而糊弄过关，或者被判定为“无传染性病原携带者”而获准入境。但这就像是在玩俄罗斯轮盘赌 —— 一旦受到刺激，潜伏状态的病原就有可能复苏，导致狗狗发病并开始传染。在装车运往德国的途中，狗狗承受的巨大压力往往足以诱发这些疾病。此外，这对德国本地狗狗也非常危险，因为它们从未接触过此类外来病原，自然也毫无免疫力。

这类疾病大多可以治愈，只要措施得当，狗狗就能享受正常的、美好的生活。然而，看兽医的开销不菲，主人在治疗期间也要承受很大的精神压力。

而通过非法渠道入境德国的狗狗更是极大的危险源。2021年9月，一只坎高犬幼犬病死在不来梅一家宠物医院。它没有身份证明文件，主人也拒不合作，对狗狗的情况讳莫如深，所以兽医对它进行了尸检，发现其死因竟是狂犬病。据推测，这只幼犬应该是从土耳其走私到德国的。宠物医院的30名工作人员不得不紧急接种狂犬疫苗。这件事在德国反响很大，给许多人敲响了警钟，因为从2008年起，狂犬病就已在德国绝迹。

狂犬病是狂犬病毒所致的人畜共患传染病。人最常见的感染途径是被带病动物咬伤。感染之后，病毒通常会潜伏两到三个月，才会开始表现出症状。狂犬病会引起脑膜炎，发病后几乎必死无疑。

不来梅动物保护协会发言人表示，领养来自国外的狗狗时，务必确保它有齐全的身份证明文件，包括欧盟疫苗接种证明，因为接种狂犬病疫苗在欧盟境内是硬性规定。

要是狗狗通过非法交易渠道入境德国，往往缺少正规文件，所以需要先隔离观察。只有这样，才能保护人和其他动物的生命健康。

德国北威州环境、农业、自然和消费者保护部动物保护专员建议，不要通过网络购买狗狗，因为网上交易不受管控，且有损动物福利。

罗马尼亚流浪狗现状

在南欧和东欧各国，流浪狗几乎随处可见。要逐一列举这些国家的动物保护项目，这本书就会变成鸿篇巨制。因此，我在此只谈谈罗马尼亚的情况，毕竟小希望来自罗马尼亚，那里也就成了我最关心的地方。

由于多年无序繁衍，罗马尼亚也许是狗狗数量最多的国家。没人要的幼犬和怀孕的母狗常常被人遗弃。尽管法律规定混种狗必须绝育，但没几个人真的遵守这一点。政府也没有采取任何措施确保法规得到落实，而是会花钱雇民间捕狗人去捕杀流浪狗。

根据动物保护组织 PETA 的调查，罗马尼亚有超过170家公立动物收容所，大多数都堪称人间地狱。几乎每一家收容所都会捕捉流浪狗，许多还负责对它们执行安乐死。

罗马尼亚《动物保护法》早在2001年就已生效，但直到2007年，捕杀流浪狗在罗马尼亚一直都是合法的。2007年，罗马尼亚加入欧盟后，终于立法禁止杀死健康动物、处罚虐待动物的行为。

2014年，罗马尼亚颁布了针对流浪狗的《安乐死法》（OUG 155/2001，依据258/2013法令修订）。推动该法令通过的动因是一名男童不幸“被狗咬死”的悲剧，但此事真相依然扑朔迷离。

《安乐死法》规定，政府有权将无家可归的狗抓进公立动物收容所，若狗在14天内无人领养，则可将其安乐死。法令通过后，无数狗狗惨遭捕杀，而酬金则让不少人赚得盆满钵满——每捕到一只狗，国家就会支付最高50欧元的报酬。

这可是相当有利可图的生意（或者副业）。利益驱使之下，许多人不满足于捕捉流浪狗，而是会铤而走险，从花园或院子里掳走有主的狗狗。它们会与流浪狗一起被关进收容所，最后往往难逃厄运。这些家养犬是唾手可得的猎物，因为它们往往对人充满信任，毫无戒心。这些人还会把吃奶的幼犬从狗妈妈身边夺走，然后编个令人心碎的故事，卖到国外去。

这已经催生出一条黑暗血腥的产业链。对动物收容所运营方和在此工作的兽医来说，每只狗狗的收容、喂养、医护工作可以带来高达250欧元的收入。而除了安乐死之外，收容所里地狱般的生活环境本身就导致了极高的死亡率，这也让动物尸体处理机构获利不菲。

2014年6—7月，布加勒斯特和布拉索夫上诉法院裁定

《安乐死法》违宪，应在罗马尼亚全境废止。同时，反对者举行了一系列公开抗议、游行、请愿，罗马尼亚有关方面也受到了多次指控，甚至有反对者向欧盟最高法院——欧洲法院提起了诉讼。尽管如此，非法捕捉、折磨、杀害狗狗的行为仍在继续，《安乐死法》时至今日依然没有得到修订。

从2021年初开始，罗马尼亚设立了“动物保护警察”。至于这有没有用，我们只能拭目以待。

其实，想要减少流浪狗数量，并不需要杀死它们。多年来，许多国际动物保护机构和爱心人士一直奋战在罗马尼亚，反对杀害狗狗、致力于改善它们在公立动物收容所里的生活状态，寻求与市长、社区、民众和管理部门对话，向狗主讲解绝育的积极意义、如何正确对待不同品种的狗狗。在罗马尼亚各地，学生和兽医开办了许多流动诊所，免费为狗狗实施绝育。

这些努力已经初见成效，但想要彻底终结罗马尼亚流浪狗的苦难，也许还要继续努力数十年之久。

最后是我个人的一点建议：如果您想给无家可归的动物一个

新家，无论是狗狗、猫咪、仓鼠还是其他动物，您都应该去动物收容所领养，或者咨询动物保护机构，而不要在网上或者宠物商店购买。

诚然，领养狗狗的过程堪称一场历险。要是实在不想经历这些麻烦，您还有另一个选项：正规繁育犬舍和繁育协会有时会送养一些老狗，也许是因为主人去世，也许是狗狗由于其他原因不能留在犬舍了。一般来说，那里的工作人员都会认真、细心地对待狗狗，基本上可以相信，这些狗狗的生活条件良好。所以，除了去动物收容所之外，也可以选择这种风险较小的方式，给急需领养的狗狗一个新家。

原则上说，在领养动物之前，您应当先考虑清楚，自己有没有足够的时间、空间和金钱，给动物伴侣一个充满爱意、安稳长久的家。

Abschied vom
geliebten Hund